눈먼 자들의
국가

눈먼 자들의 국가

김애란
김행숙
김연수
박민규
진은영
황정은
배명훈
황종연
김홍중
전규찬
김서영
홍철기

문학동네

| 차례 |

김애란

기우는 봄, 우리가 본 것

질문을 받다

—지금 당신을 가장 절망케 하는 건 무엇입니까.

2012년 겨울, 쌍용자동차 해고노동자와 함께하는 북콘서트 자리에서 사회를 본 문학평론가가 물었다. 무대에 오른 해고노동자 가족과 다섯 명의 작가 모두에게 던진 질문이었다.

보다

2014년 4월, 집에서 외출 준비를 하다 처음 그 배를 봤다. '세월'이라는 이름 말고는 딱히 인상적인 게 없는, 평범한 모양의 선박이었다. 언젠가 나도 그런 배를 타고 수학여행을 간 적이 있다. 몇 해 전 우리 부모님도 비슷한 여객선을 타고 제주도에 다녀오셨다. 텔레비전 뉴스에 나오는 자료화면은 정적이었다. 불이 나거나 건물이 무너진 현장에 비하면 어딘가 좀 느긋해 보이기까지 했다. 아무런 정보도 편견도 없이 텔레비전 앞에 멍하니 있다. 가족 중 누군가 "승객들 전부 구조됐다며?"라고 얘기하는 소릴 들었다. 나는 "아, 그래요?" 대꾸한 뒤 사고 현장으로부터 시선을 거뒀다. 정확히 무슨 일이 일어났는지 알 수 없으나 잘 수습된 모양이고, 모두 구조됐다니 걱정하지 않아도 될 것 같았다. 당장은 '모두 살았다'는 사실 외에 내가 더 알아야 할 정보는 없는 듯했다. 나는 서둘러 집을 나섰고, 긴 시간 밖에 있는 동안 그 일을 잊었다. 나는 내가 본 것이 별게 아니라고 생각했다.

듣다

368명이라고 했다가 164명이라고 했다. 며칠 뒤 또 174명이라고 하더니 얼마 안 돼 172명이라고 했다. 배가 기운 이후 일곱 번이상 번복된 거였다. 사고 첫날, 외국 언론에서 조난자의 수온별 생존시간을 따져보는 사이 한국에서는 사망시 보험금을 계산했다. 사람들은 권력이 생명을 숫자로 다루는 방식에 분개했다. 한쪽에서는 '재난의 계급화'나 '책임의 외주화'와 같은 말이 돌았다. 기업과 정부는 세월호에 탑승한 인원을 정확히 파악하지 못했고, 지금도 바다 속에서는 숫자조차 되지 못한 이들이 차갑게 굳어가고 있다.

이름을 들었다. 학생, 실종자, 희생자, 승객이라 불릴 때와 달리, 그들의 가족이 늘 불렀던 방식으로, 본명으로, 별명으로 불리는 걸 들었다. 가족들로서는 살면서 만 번도 더 불러본 이름이었을 거다. 그 이름에 담긴 한 사람의 역사가, 시간이, 그 누구도 요약할 수 없는 개별적인 세계가 팽목항 어둠 속에서 밤마다 쩌렁쩌렁 울렸다. 낮에도 새벽에도 아침에도 울렸다. 그 소식을 들을 때마다 길을 가다, 밥을 먹다, 청소를 하다, 아랫배를 얻어맞은 듯 허리가 꺾였다. 몸안에 천천히 차오르는 슬픔이 아니라 습격하듯 찾아오는 통증이었다. 희생자 가족 중 누구도 자신이 사랑하는 사람의 이름이 그곳에서 그런 식으로 불리게 될지 몰랐을 거다. 뉴스를 본 많은 이들이 희생자 이름 위에 자기 이름을 덧댔다. 혹은 자기 자식 이름을 포개며 같이 울었다. 중학생들은 처음엔 군대에서, 그뒤엔 대학에서, 최근엔 고등학교에서 큰일이 났으니 '다음은 우리 차례'라 자조했다. 모두 공적인 공간에서 일어난 인재였다. 사람들은 앞으로 그 빈칸에 누구의 이름이 들어갈지 확신하지 못했다. 아니 또 모르겠다. 그 괄호에 '알바' 혹은 '조급함' '종북' 또는 '순수'라는 말을 넣은 이들은. 최근 자식의 영정을 들고 거리로 뛰쳐나온 아버지는 유족에게 막말을 일삼는 지도층을 향해 우리를 '제발 내버려두라' 했다. 살려달라고도 도와달라고도 안 하고 그냥 좀 가만 놔달라 했다. 이 나라 국민들의 '안녕' 마지노선이 이제는 복지도, 교육도, 의료도 아닌 생존이 돼버린 것처럼. 놔달라 했다.

보다

'어떤 일이 일어났다'고 사후에 '들은' 게 아니다. 배 안에 있는 이들과 동시간을 보낸 거다. 지난 4월 세월호가 가라앉는 걸 전 국민이 봤다. '들은' 게 아니라, '읽은' 게 아니라, 앉아서, 서서, 실시간으로 '봤다'. 매일매일, 천천히, 고통스럽게 '봤다'. 아침 뉴스로 보고, 저녁 뉴스로 보고, 인터넷 뉴스로 봤다. 그러니까 '한 명'도 구하지 못하는 걸. 관계자들이 책임을 가르고 이득을 따지는 동안 일부 솟아 있던 선체가 바다 속으로 완전히 잠기는 걸 '봤다'. 밥 먹다 보고, 자다가 보고, 일하다 보고, 걷다가 봤다. 그리고 지금도 보고 있다. 어쩌면 앞으로도 계속 보게 될 것이다. 선체가 삭거나 부서져 혹은 인양돼, 그 배가 거기서 사라진다고 해도.

사고 3일째. 집 앞 분식집에서 여중생 두 명이 머리를 맞대고 스마트폰으로 세월호 뉴스 읽는 걸 봤다. 휴대전화로 연예 기사를 클릭하고, 댓글을 달고, 게임을 하고, 재잘거려야 할 애들이 아무 말도 않고 어두운 소식에 집중하고 있었다. 우리가 본 것과 같은 걸 아이들이 봤다. 배 안에서 한 명도 구해내지 못한 걸. 다투어 생명을 지켜야 할 시간에 권리를 외치고 이익을 도모한 모습을. 그 '도모'를 가능하게 한 이 세계의 끔찍한 논리를. 아이들'도' 봤다. 어른들이 있는 데서도, 없는 데서도. 그리고 자신들이 본 것의 의미를 알았다. 아마 우리가 짐작하는 것보다 훨씬 정확하게 알았을 거다.

듣다

'최선'을 다하겠단 얘길 들었다. '최대'한 힘쓰겠다는 말도, '모든
걸 동원'하겠다는 약속도 들었다. 한두 번이 아니라 여러 번 반복
해 들었다. 그럴듯한 말들은 주로 '위'에서 내려왔다. 그 안에는 부
사와 형용사, 서술어와 추상명사가 많았지만 시제와 동사, 주어와
고유명사는 잘 보이지 않았다. 곧이어 '책임'이란 말이 들려왔다. '적
폐'라는 말, '엄벌'이란 말도 등장했다. 그런데 그 말을 끝까지 다 들
어도 대체 누가 무엇을 어떻게 책임지겠다는 건지 알 수 없었다. '죄
송하다'는 말보다 '기다려달라'는 청보다 선명하게 들린 건 지도층
의 막말과 실언이었다. 그리고 그중 어떤 말은 결국 유족을 거리로
나서게 했다. 어버이날, 두 팔을 올려 벌서듯 자식들의 영정을 들고
있는 이들의 모습을 보며, 어쩌면 정부가 말한 '최선'과 '최대'의 대
상은 국민이 아닐지도 모른다는 생각이 들었다. 정부는 계속해서
명령을 내리고 민심을 달래는 '입'이길 자처했으나, 시간이 지날수
록 국민들이 간절히 원한 건 권력의 '귀'였다. 특히 유족들의 입장
에서 그랬다. 5월 8일, 차가운 아스팔트 도로에 앉아 이들이 밤새
도록 요구한 게 '대화'였던 것만 봐도 그랬다. 이날 유족들은 자신들
은 싸우러 온 게 아니라고, 우리가 원하는 건 사과라고, 우리 마음
을 좀 읽어달라는 것뿐이라며 영정을 안고 울었다. 이들을 막아선,
아마도 세월호 속 학생들보다 네다섯 살 많을, 고개 숙인 경찰의 팔
뚝을 잡고 울었다. 하지만 만 하루가 지나도록 이들이 원했던 '대화
의 길'은 열리지 않았다. 말 그대로 미개방상태였다. 얼마 전 '미개未

開'라는 말이 문제돼 그 뜻을 찾아봤다. '사회가 발전되지 않고 문화 수준이 낮은'이라는 뜻이 먼저 등장했지만 그 아래 '열리지 않은'이란 일차적인 뜻도 눈에 띄었다. 앞으로 우리는 누군가 타인의 고통을 향해 '귀를 열지 않을' 때, 그리고 '마음을 열지 않을' 때 그 상황을 '미개'하다고 불러도 좋을 것이다.

보다

4월 말, 안산의 '세월호 희생자 임시 합동분향소'에 다녀왔다. 시에서 운영하는 셔틀버스를 타고 단원고등학교 근처에 있는 올림픽기념관으로 향하는데, 전봇대에 붙은 '브라보 안산, 세계 속의 안산, 행복한 사람들'이란 슬로건이 눈에 들어왔다. 조문객들이 줄을 선 고잔초등학교 본관에는 '더불어 살아가는 됨됨이가 바른 어린이'란 문구가 크게 적혀 있었다. 평소 같았으면 관대하고 무심하게 지나쳤을 건전한 말들이었다. 한때 크고 좋은 말들을 가져다 아무 때고 헤프게 쓰는 정치인들을 보며 '언어약탈자'라고 생각한 적이 있다. 그런데 안산에서 이제는 말 몇 개가 아닌 문법 자체가 파괴됐다는 느낌을 받았다. 어떤 낱말이 가리키는 대상과 그 뜻이 일치하지 못하고 흔들리는 걸, 기의와 기표의 약속이 무참히 깨지는 걸 보았다.

앞으로 '바다'를 볼 때 이제 우리 눈에는 바다 외에 다른 것도 담길 것이다. '가만히 있어라'는 말 속엔 영원히 그늘이 질 거다. 특정 단어를 쓸 때마다 그 말 아래 깔리는 어둠을 의식하게 될 거다. 어떤 이는 노트에 세월이란 단어를 쓰려다 말고 시간이나 인생이란 낱말로 바꿀 것이다. 4월 16일 이후 어떤 이에게는 '바다'와 '여행'이, '나라'와 '의무'가 전혀 다른 뜻으로 변할 것이다. 당분간 '침몰'과 '익사'는 은유나 상징이 될 수 없을 것이다. 우리는 우리가 본 것으로부터 벗어나지 못할 것이다. 우리가 본 것이 이제 우리의 시각을 대신할 거다. 세월호 참사는 상像으로 맺혔다 사라지는 게 아니라 콘택트렌즈마냥 그대로 두 눈에 들러붙어 세상을 보는 시각, 눈目 자체로 변할 것이다. 그러니 '바다'가 그냥 바다가 되고 '선장'이 그냥 선장이 될 때까지, '믿으라'는 말이 '믿을 만한 말'로, '옳은 말'이 '맞는 말'로 바로 설 때까지 도대체 얼마나 많은 시간이 필요한 걸까. 지금으로서는 감도 오지 않는다.

듣다

2012년 겨울, 북콘서트 자리에 쌍용자동차 해고노동자 이창근씨 가족이 있었다. 대기실에서 그 가족의 얼굴을 실제로 본 이들은 일순 숙연해졌다. 뭐라 잘 설명할 순 없어도 그동안 버텨오신 날들의 이력이 두 분 얼굴에 고스란히 담겨 있어서였다. 가장이 수많은 동료들의 죽음을 견디며 보낸 몇 년과 아내가 생활을 꾸리며 보낸 몇 해, 엄마아빠의 투쟁 현장을 따라다니며 아이가 보낸 나날의 세목은 다른 듯했다. 하지만 세 시간 다 보통 시간이 아니었을 거라는 점만은 분명해 보였다. 북콘서트 2부 때 두 분은 고통을 나누는 과정과 의미에 대해 얘기했다. 그리고 두 시간 남짓 주최측에서 준비한 프로그램이 모두 끝났을 때 사회자가 마지막 질문을 던졌다.

　—지금 당신을 가장 절망케 하는 건 무엇입니까.

　작가들은 그 자리에서 저마다 할 수 있는 말들을 했다. 나는 좀 당황한 나머지 부끄럽고 두루뭉술한 얘기를 했다. 절망에 대해 혹은 희망에 대해 모두가 한마디씩 하고 이윽고 이창근씨 아내인 이자영씨 차례가 왔을 때, 그녀는 누구도 건너본 적 없는 시절로 혼자 돌아가듯 담담하게 말했다.

　"저를 가장 절망하게 만든 건, 더 노력해야 된다는 말이었어요."

　그 말 앞에서 나는 좀 놀랐다. 그러고 그 '놀랐다'는 사실 때문에 내가 철저히 그녀의 고통 바깥에 있는 사람이라는 걸 깨달았다. 아무리 노력한들 세상에는 직접 겪어보지 않고는 도저히 짐작할 수 없는 고통과 그 고통이 담긴 타인의 몸이 있다는 걸 알았다. 이자영씨는 여기서 어떻게 더 노력하라는 건지, 어떻게 더 힘을 내라는 건지 알 수 없어 때때로 절망스러웠다고 했다. 그녀의 대답 속에선 황량한 외로움이 느껴졌다. 육체적, 정신적, 금전적 고통의 끝이 보이지 않을 때, 세상의 무관심과 폭력 속에 홀로 버려진 느낌을 받을 때 그 시간에 잠겨본 자만 알 수 있는 외로움이었다.

　그런데 최근 진도 앞바다에서 나는 비슷한 장면을 봤다. 바닷물에 맨발을 담근 채 쭈그려앉아 울고 계신 분의 뒷모습에서였다. 한

밤중 '우리 아이들을 빨리 꺼내달라'고 진도에서 청와대를 향해 어둡고 캄캄한 길을 십여 킬로미터나 걸어간 분들의 초조 속에도, 파도가 거세게 이는 바다를 향해 '힘없는 엄마 자식으로 태어나게 해 미안하다'고 외치던 분의 울음 속에도 그런 한기가 있었다. 보통 사람은 가늠할 수 없는, 상상할 수도, 표현할 수도 없는 거대한 외로움이 그것이었다.

답하지 못하다

뜨겁지 않게 이 글을 마칠 수 있을까. 차갑지 않게 지금을 말할 수 있을까. 지난달 16일, 언제 침몰할지 모르는 배 안에서 한 여고생은 불안을 떨쳐내려는 듯 친구에게 밝은 목소리로 물었다.

"기울기는 어떻게 구하더라?"

그러곤 그 농담을 끝으로 다시는 이곳에 돌아오지 못했다. 요즘 나는 자꾸 저 말이 어린 학생들이 우리에게 마지막으로 건네고 간 질문이자 숙제처럼 느껴진다. 이 경사傾斜를 어찌하나. 모든 가치와 신뢰를 미끄러뜨리는 이 절벽을, 이윤은 위로 올리고 위험과 책임은 자꾸 아래로만 보내는 이 가파르고 위험한 기울기를 어떻게 푸나.

지난 한 달간 많은 걸 보고 들었다. 보지 않으면 놓칠 것 같았고, 놓치고 나면 속을 것 같았다. 되도록 모든 걸 보고, 누가 어떤 식으로 말하고 있는지 기억해두려 했다. 지금 진도에 '사실'은 차고 넘치나 '진실'은 아직 다 드러나지 않은 듯하다. 그리고 그사이 나는 망가진 문법더미 위에 앉아 말의 무력과 말의 무의미와 싸워야 했다. 어떤 말도 바다 속에 가 닿을 수 없고, 어떤 말도 바로 설 수 없는 상황에서 스스로를 납득시킬 만한 말조차 찾을 수 없었다. 그러다 마냥 그렇게 주저앉아 있을 수만은 없어, 2년 전 이자영씨를 떠올리며 내가 가까스로 발견해낸 건 만일 우리가 타인의 내부로 온전히 들어갈 수 없다면, 일단 그 바깥에 서보는 게 맞는 순서일지도 모른다는 거였다. 그 '바깥'에 서느라 때론 다리가 후들거리고 또 얼굴이 빨개져도 우선 서보기라도 하는 게 맞을 것 같았다. 그러니 '이해'란 타인 안으로 들어가 그의 내면과 만나고, 영혼을 훤히 들여다보는 일이 아니라, 타인의 몸 바깥에 선 자신의 무지를 겸손하게 인정하고, 그 차이를 통렬하게 실감해나가는 과정일지 몰랐다. 그렇게 조금씩 '바깥의 폭'을 좁혀가며 '밖'을 '옆'으로 만드는 일이 아닐까 싶었다. 그리고 그 이해가, 경청이, 공감이 아슬아슬한 이 기울기를 풀어야 하는 우리 세대가 할 일이며, 제도를 만들고 뜯어고쳐야하는 이들 역시 감시와 처벌 이전에, 통제와 회피 이전에 제일 먼저 해야 할 일인지도 몰랐다. 그때 우리가 누군가의 얘기를 '듣는'다는 건 수동적인 행위를 넘어 용기와 노력을 필요로 하는 일이 될 것이다. 다만 뭔가를 자주 보고, 듣고, 접했단 이유로 타인을 쉽게 '안다'고 해선 안 되는 이유도, 누군가의 고통에 공감하는 것과 불행을 구경하는 것을 구분하고, 악수와 약탈을 구별해야 하는 까닭도 그와 다르지 않을 것이다.

지난달, 임시분향소에 갔을 때. 고잔초등학교에서 두 시간 넘게 조문을 기다리고 있는데, 운동장에 사람이 그렇게 많은데도 주위에 수다를 떠는 사람이 거의 없었다. 떠드는 건 오직 아이들뿐이었다. 어른들이 만든 원 바깥에서 그네를 타고, 모래성을 쌓으며 뭐라 외치고 웃는 아이들의 소리를 듣고 있자니 그 모든 게 마치 전생에서 들려오는 것처럼 느껴졌다. 그리고 순간 상복을 입은 내가 낯선 도시 한복판에서 가장 강렬하게 느끼고 있는 감정 중 하나가 '삶의 생생함'이라는 걸 깨달았다. 슬픔 속에 숨기려 해도, 환멸 안에 감추려 해도, 냄새처럼 기어코 드러나고야 마는, '우리가 살아 있다는 사실'의 그 '어쩔 수 없는 선명함'이었다. 분향소 대기시간이 길어지자 부모님을 따라온 몇몇 아이들은 다리가 아프다고 바닥에 주저앉았다. 대학생으로 보이는 어느 청년은 모래바람 한가운데서 입을 가린 채 중간고사 교재를 읽고 있었다. 은색 스팽글이 잔뜩 달린 분홍색 손가방을 든 여자아이의 취향은 참으로 초등학생다워 어여뻤고, 엄마 품에 안긴 채 아무것도 모르고 잠든 아기의 무지는 그 자체로 아기다워 고마웠다. 거기 나온 이들은 다들 어렵게 시간을 내 자기만의 방식으로 고인들에게 나름 인사하고 있었다. 그리고 그때야 나는 희생자들의 넋을 기리고 싶었던 것 못지않게 나와 같은 감정, 같은 슬픔을 느끼는 동시대인들과 함께 있고 싶어했다는 걸 깨달았다. 그러자 곧 거기 모인 이들의 분노와 원망, 무기력과 절망, 죄책감과 슬픔도 결국 모두 산 자의 것임이 느껴졌다. 하지만 그 순간 무엇보다 가슴이 아팠던 건, 죽은 자들은 그중 어느 것도 가져갈 수 없다는 거였다. 산 자들이 느끼는 그 비루한 것들의 목록

안에서조차 그들이 누릴 몫은 하나도 없다는 단순한 사실이었다.

세월호 참사 희생자들의 명복을 빈다.

김애란
1980년 인천 출생. 한국예술종합학교 극작과 졸업. 2002년 제1회 대산대학문학상에 단편소설이 당선되어 등단. 한국일보문학상, 이효석문학상, 오늘의 젊은 예술가상, 신동엽창작상, 김유정문학상, 2011년 젊은작가상 대상, 한무숙문학상, 이상문학상 수상. 소설집 『달려라, 아비』 『침이 고인다』 『비행운』, 장편소설 『두근두근 내 인생』이 있다.

김행숙

질문들

삶은 가만히 있지 못하게 하는 것입니다. '가만히 있으라'는 말이 몇 겹의 다른 그림자를 드리우고 하염없이 검은 바위를 철썩거리는 파도처럼 메아리로 돌아오고 있습니다. 가만히 있으라고밖에 말 못해서 미안하고, 가만히 있어서 미안하고, 미안하다고밖에 말 못 해서 미안해지는, 어쩔 줄 모르겠는 밤입니다.

그럼에도 불구하고 가만히, 생각해보려고 합니다. 죽음의 메아리로 돌아오고 다시 돌아오는 '가만히 있으라'는 말에 대하여. 4월 16일의 끔찍한 주술이 되어버린 '가만히 있으라'는 안내방송은 오 분 후, 십 분 후, 삼십 분 후, 한 시간 삼십 분 후의 상황을 모르는, 다만 현재에 허둥지둥할 뿐인 인간의 판단착오, 판단유보, 시간의 도피, 그리고 치명적인 방기이자 망각 같은 것이었습니다. 움직이지 말고 대기하라는 선내 방송이 교정되지 않고 반복되는 동안, 가만히 기다리라는 판단을 내렸던 선장 및 다수 선원들은 판단을 망각하고, 판단의 효과를 망각하고, 판단의 비극을 망각하고 황급히 움직여서 위태로운 배를 빠져나갔습니다. 판단의 주체는 사라지고 주체로부터 잊힌 판단의 목소리만이 배가 침몰하기 직전까지 유령처럼 독가스처럼 떠돌았습니다. 판단의 주체를 예외로 하는 판단은 비윤리적입니다. 명령의 주체를 예외로 하는 명령은 비윤리적입니다. 그러므로 '가만히 있으라'는 말은, 뒤돌아서 생각해보니 뼈아픈 실수였다고만 할 수 없는 것입니다. 어떤 망각, 어떤 무지는 인간적인 약점이나 허점으로 용인되기 어려운 윤리적인 구멍, 윤리가 사라진 비인간적인 빈자리인 것입니다.

조금 더 생각해야 합니다. '가만히 있으라'는 말이 무시무시한 상징이 되어버린 이 자리에서. 그것이 명령형이 아니라 의문형으로 문법을 바꾸어 갈고리 같은 물음표를 던지는 이곳에서. 그것은 인간의 윤리와 인간의 정치를 다시 따져 묻는 질문일 수밖에 없습니다. 악몽을 꾸고 잠이 달아나버린 새벽처럼 사람들은 극도로 예민해져서 평소엔 잘 들리지 않았던 그 소리를 바늘 끝처럼 생경하게 듣고 있는 것 같습니다. '가만히 있으라'는 유령 방송은 우리의 일상 속에 울려퍼지던 소리, 일상을 컨트롤하던 타워의 목소리, 우리가 호흡하던 공기, 우리의 내면을 누르고 있는 바위가 아니었던가. 일상의 흐름, 우리의 유사 평온, 가짜 평온은 그 목소리 아래에서 주어졌고 유지되었던 것이 아닌가. 문제가 없어서 문제없었던 것이 아니라, 문제가 없는 척했고, 문제를 대수롭지 않게 여겼고, 문제를 감췄거나 미뤘거나 포기했거나 망각했기에, 문제를 정상으로 오인하며 자욱한 안개 같은 문제들 속에 함께 어울려 살았기 때문에, 문제없이 오늘 하루의 무사함을 심드렁하게 영위할 수 있었던 게 아닌가. 혹시 끄덕끄덕 흘러가는 태평한 그날그날이 4월 15일의 세월호世越號는 아닌가.

이 의문 속으로 "모두 병들었는데 아무도 아프지 않았다"고 한 이성복 시인의 시구절이 파고듭니다. 그리고 "다 같이 슬퍼하자. 그러나 다 같이 바보가 되지는 말자"고 했던 수전 손택의 말도 그 주위를 떠돕니다. 4월 16일의 침몰을 대하는 대한민국 사람의 심경을 어떻게든 드러내려면, 9월 11일의 폐허를 응시하며 손택이 전했던 그 메시지에다가 꼭 덧붙여야만 하는 말이 있습니다. '미안합니다.' '부끄럽습니다.' '미안함'과 '수치'가 이 참사에서 우리의 윤리를 간신히 견디게 하는 감정인 것 같습니다. 슬픔의 공동체 안에서만 인간의 영혼이 간신히 숨을 쉬는 것 같습니다.

너무 많은 문제들이 외설스럽다고 할 만치 맨얼굴을 드러냈습니다. 미안해하지 않는 것 같고 부끄러워하지 않는 것 같은 그 맨얼굴은 그 자체로 폭력과 상처가 되었습니다. 살아 있는 수백 명의 사람들, 수학여행을 떠나며 어느 때보다도 명랑했을 아이들을 태우고 여객선 한 척이 침몰해가는 과정을 무섭도록 생생하게 지켜보았는데, 그 위태로운 가능성의 시간이 돌이킬 수 없이 흘러갔는데, 그 복판에서 우왕좌왕하면서 발각되고 폭로되고 튀어나왔던 무능과 비리와 탐욕과 인간의 예의를 잊은 망언 망동 들. 그 모든 오작동들. 난마처럼 얽힌 그 모든 것을 지켜보아야 했습니다. 가슴이 무너지고 삶이 무너진 부모가, 애타고 애끓는 가족들이, 친구들이, 이웃들이, 힘없는 국민들이 참담하게 지켜보아야 했습니다. 이것이 국가

냐고 묻고 있었습니다. 이것이 인간이냐고 묻고 있었습니다. 이것이
언론이냐고 묻고 있었습니다. 국가란 무엇인가, 인간이란 무엇인가,
인간의 말이란 무엇인가, 잊고 있었던 가장 근본적인 질문들이 솟
구치고 있었습니다.

질문들이 한숨처럼 허공으로 날아가버리면 안 될 것 같습니다.
뜬구름이 되어버리면 안 될 것 같습니다. 질문은 지상의 것입니다.
어느 날 물끄러미 들여다보는 접시 위의 사과 한 알처럼.

사과 한 알이 쪼개졌습니다.

사과 半個에는 씨앗이 보입니다.

쪼개져야 보이는 것이라면, 그것은 폭력적인 것입니다.

씨앗은 죽은 사람의 홉뜬 눈동자처럼 보입니다.

죽음이 눈을 감지 못하게 하는 것입니다.

삶은 가만히 있지 못하게 하는 것입니다.

살아 있는 사람에겐 눈도 심장도 이빨을 파고드는 치통도 기다
림도 시를 쓰는 것도 깜박이는 것입니다.

반개는 반개의 상처입니다.

캄캄한 밤에 빛은 날카롭습니다.

오늘 밤하늘은 밤바다처럼 빛을 내는 것이 세상에서 가장 어려
운 일인 것 같습니다.

밤하늘에 쾅쾅 박힌 별이 못이라면, 그것은 길이를 잴 수 없이
긴 못, 누구의 가슴에도 깊이를 알 수 없이 깊은 못입니다.

아직은 어디서 날이 밝아온다고 말할 수 없는 밤입니다.

그러나 우리는 빛을 비추며, 서로서로 빛을 비추며, 죽은 아이들을 찾아야 합니다. 잃어버리면 안 되는 것, 잊어버리면 안 되는 것들을 찾아 어둠 속으로 파고들어가야 합니다.

비틀거리는 나는 밤에 쓴 詩들에 의지하였습니다.

김행숙
1999년 『현대문학』에 시를 발표하며 등단. 시집 『사춘기』 『이별의 능력』 『타인의 의미』 『에코의 초상』, 문학에세이 『에로스와 아우라』가 있다.

김연수
그러니 다시 한번 말해보시오,
테이레시아스여

최근에 번역된 이디스 그로스먼의 『번역 예찬』을 읽는데, 흥미로운 시가 한 편 나왔다. 그로스먼 자신이 번역한 니카노르 파라의 「인스턴트 열차 계획」이라는 시인데, 내용은 칠레의 산티아고와 푸에르토몬트 사이의 약 천 킬로미터 정도 떨어진 거리를 단숨에 주파한다기보다는 '정파停破'하는 기차를 노래한다. 기관실은 도착역인 푸에르토몬트에, 맨 끝 차량은 출발역인 산티아고에 있는, 말하자면 동체의 길이가 약 천 킬로미터에 달하는 기나긴 기차다. 그러니까 기차에 올라타자마자 승객은 목적지에 도착하는 셈이 된다. 그런데 이런 형태의 탈것을 이미 나는 조너선 사프란 포어의 소설 『엄청나게 시끄럽고 믿을 수 없게 가까운』에서 본 적이 있다. 그 소설에서는 기차가 아니라 리무진이었다. 9·11 테러로 숨진 아빠의 시신을 태운 리무진에서 주인공 오스카는 운전사에게 만약 리무진이 엄청나게 길다면, 운전사가 필요없을 것이라며 다음과 같이 말한다.

"생각해보니까, 앞좌석은 아저씨 엄마의 질구膣口에 있고, 뒷좌석
은 아저씨의 영묘靈廟에 있을 정도로 믿을 수 없을 만큼 긴 리무진
을 만들 수도 있겠어요. 아저씨 평생만큼 긴 리무진 말이에요."

오스카의 이 발상은 원리상 니카노르 파라의 것과 동일하다. 그
렇다면 조녀선 사프란 포어는 그의 시를 읽은 적이 있단 말일까? 포
어의 소설보다 파라의 시가 영어로 번역된 것이 앞서므로 포어가
이 시를 읽고 영향을 받았다고 추측할 수도 있겠으나, 그렇지 않을
가능성도 상당히 높다. 나의 경우에도 비슷한 일이 있었다. 얼마 전
『거인의 역사』라는, 맷 킨트의 그래픽노블을 보다가 거인인 아버지
의 삶을 찾아나선 딸의 이야기를 만났다. 너무나 큰 몸에 대한 미
디어와 정보기관의 관심 때문에 자신의 인생을 살지 못한 아버지
는 라스베이거스에서 마지막으로 목격된다. 나중에 어른이 된 딸은
아버지의 마지막 모습을 알기 위해 목격자들을 찾아다닌다. 그 결
과, 딸은 아버지가 소리를 지르며, 아마도 울면서, 사막을 향해 걸어
갔고, 시체는 발견되지 않았다는 사실을 알게 된다. 그건 마치 내가
그린 만화와도 같았다. 왜냐하면 내가 쓴 소설 「달로 간 코미디언」
의 마지막 장면과 유사했기 때문이다. 그렇다면 내가 그 소설을 먼
저 썼으니까 그가 나의 영향을 받았다고 말해도 될까? 당연히 그럴
수 없다는 걸 나는 잘 안다.

또다른 예를 들자면, 로베르토 볼라뇨의 단편집 『참을 수 없는
가우초』에 수록된 첫 작품 「짐」이 있다. "오래전 짐이라는 친구가
있었는데 여태껏 그 친구보다 더 슬퍼 보이던 미국인은 없었다. 절

망에 빠진 사람은 많이 봤다. 하지만 짐처럼 슬퍼 보인 사람은 없었다"라고 시작하는 소설이다. 볼라뇨의 이 소설은 멕시코시티를 방문한 미국인 시인이 불쇼를 하는 사내에게 홀려서 한 발짝도 나아가지 못하는 상황을 묘사하고 있다. 그의 아내 역시 시인인 점도 흥미롭다(그 이유는 아래에 나온다). 이 미국 시인은 (불쇼를 하는 사내에게) "뭔가 더 기대하고 있다는 듯, 꼬박 아홉까지 세고 열번째를 기다리듯 혹은 그 그을린 얼굴에서 옛 친구나 자기가 죽인 사람의 얼굴을 보듯" 인도 가장자리에 꼼짝 않고 서 있었다. 소설 속 화자는 "어쩌려고 그래, 길에서 타 죽을 거야?"라고 짐에게 묻는다. 그러고 나서 그는 그게 짐이 원하는 것이라고 생각한다.

만약 이런 일이 진짜 현실에서 일어났다면, 그건 1979년 봄의 일이었다고 말해도 되겠다. 캐롤 스클레니카가 쓴 『레이먼드 카버』를 보면 다음과 같은 구절이 나오기 때문이다.

UTEP에서 봄학기 강의 부담을 줄여주었지만, 갤러거(카버의 두번째 아내 갤러거는 시인이었다)와 함께 혹은 혼자서 소화해야 하는 레이의 여행 스케줄은 감당하기 어려울 지경이었다. 두 사람은 봄방학 기간을 멕시코시티에서 함께 보냈다. 레이가 보기에 그 도시는 "매우 아름답고 사람을 들뜨게 하는" 데가 있었지만, 1984년에 쓴 시 「멕시코시티의 어린 불 마술사들The Young Fire Eaters of Mexico City」에서 레이는 불과 몇 페소를 벌기 위해 입안 가득 알코올을 머금었다가 불을 내뿜는 아이들을 서글퍼하고 있다. 자신들의 무모한 기술 때문에 부상을 입은 이 어린 예술가들은 "1년 안에 목소리를 잃는다". 레이는 이 불 마술사들에게서 자기 자신을 보았음에 틀림없다.

볼라뇨의 소설과 카버의 시는 멕시코시티의 거리에서 알코올을 입에 머금고 불을 내뿜는 남자에게 홀린 미국인 시인이 등장한다는 점에서 서로 꽤 비슷하다. 만약 이 유사점이 표절사건으로 발전해 두 작품이 법정까지 간다면, 아무래도 2002년 7월에 발표된 볼라뇨의 소설 「짐」이 1986년 시집 『울트라마린』에 수록된 카버의 시 「멕시코시티의 어린 불 마술사들」에 비해서 불리할 것이다. 하지만 그렇다고 해서 시를 먼저 발표한 레이먼드 카버가 16년 뒤에 나온 볼라뇨의 소설에 전혀 영향받지 않았느냐면 또 그렇지도 않다. 언뜻 말이 안 되는 듯한 이 변론을 위해서 증인을 신청한다면, 나는 여러 명 중에서 누굴 부를지 고심해야만 한다. 제일 먼저 파리8대학의 프랑스문학 교수이며 정신분석가로 활동중인 피에르 바야르. 그는 『예상표절』이라는 책에서 아직 출판되지 않은 미래의 작품을 표절하는 작가라는 기발한 아이디어를 선보였다. 그의 주장에 따르면, 볼테르는 『자디그』라는 작품에서 셜록 홈스를 표절했고, 모파상의 『죽음처럼 강한』은 프루스트의 『잃어버린 시간을 찾아서』를 표절했다. 여기서 '영향을 받았다' 정도로 표현하지 않고 '표절했다'라고 단언하는 까닭은 후대의 작가는 앞선 작가의 영향력에서 벗어날 수 없기 때문에 어느 정도 정상참작이 되지만, 그 역이라면 단언코 표절이라고 말할 수밖에 없기 때문이다.

바야르의 이런 익살스런 주장은 '카프카의 직관'이라는 항목을 거치면서 하나의 이론으로 정립된다. 나치 체제가 아직 자리잡지도 않았고, 전체주의적 공산주의에 대한 정보도 없었던 시절에 쓰인 카프카의 작품들은 이후 역사에 전면적으로 등장하는 전체주의적 상황에 시달리는 개인의 절망적 현실을 예고하는 것이었다. 문학은 당대의 현실을 반영하는 것이니까 카프카가 죽은 뒤 등장한 후대의 작가들은 자신들이 처한 이런 현실을 작품 속에 담았는데, 그 작품들은 흔히 카프카적인 것으로 여겨졌다. 후대 작가들로서는 이거 좀 난처한 일이다. 왜냐하면 그 현실에 소유권이 있다면, 그런 현실이 찾아오기 전에 죽은 카프카가 아니라 자신들일 테니까. 그러므로 카프카는 후대 작가들의 오리지널리티를 표절했다고 말할 수밖에 없다는 것이 바야르의 주장이다. 기발하게 도치시켜 표현해서 그렇지, 자신의 시대를 뛰어넘는 작가, 혹은 죽은 뒤에 인정받는 작가라는 개념은 그렇게 낯설지 않다. 그래서 바야르 식으로 말하자면, 문학사에 남을 만한 작품들은 예외 없이 후대의 작품을 예상 표절할 수밖에 없다는 결론에 이르게 된다. 이 지점에서 바야르의 가장 기발한 생각이 나온다. 다름아닌, 창작의 고통에 대한 것이다. 과거의 것에만 영향을 받는다면, 창작자들이 절망적으로 고통받을 리는 없다는 게 그의 생각이다. 과거의 것은 이미 드러나 있으니까 한 줄도 못 쓸 정도로 절망적일 수는 없다. 글쓰기가 그토록 절망적인 까닭은 지금으로서는 전혀 알 수 없는 미래의 것에도 영향받기 때문이다. 즉 "창작이 단지 과거의 유령들과 더불어서 이루어지는 것이 아니라, 미래의 유령들과도, 다시 말해 아직 태어나지 않은 작가들과도 똑같이, 아니 어쩌면 그 이상으로, 더불어 이루어진다".

두번째 증인은 가라타니 고진이 될 것 같다. 가라타니 고진은 『역사와 반복』에서 정치와 경제의 차원에서 벌어지는 역사적 반복, 혹은 순환에 대해서 썼는데, 물론 피에르 바야르 같은 기발함을 기대할 순 없다. 그럼에도 "어쩌면 『브뤼메르 18일』에는 19세기적이라기보다도 1930년대의 나치즘에서 혹은 1980년대 포스트모더니즘에서 현저하게 보이는 경향이 노출되고 있다. 그것은 '대중사회'의 초기적 현상이라고 해도 좋다. 1848년 혁명에 참가한 이도 마르크스가 말하는 것 같은 '프롤레타리아트'라기보다는 벤야민이 말하는 도시 군중(대중)이었다"라고 쓸 때, 어쩐지 그는 정치적 사건의 예상표절에 대해서 말하는 것 같다. 피에르 바야르 식으로 익살스럽게 말하자면, 마르크스가 『브뤼메르 18일』에서 다룬, 1848년 2월 혁명으로 쟁취한 보통선거를 통해 보나파르트를 선출한 프랑스 농민들은 20세기 파시스트 정권을 선거로 선출한 계급들을 예상표절한 것이다. 실제로 책에서 가라타니 고진은 마르크스가 뒤에 나올 프로이트의 『꿈의 해석』을 "선취했다"며 다음과 같이 쓰고 있다.

　『브뤼메르 18일』에 기초하여 생각한다면, 우리는 특별히 정신분석을 필요로 하지 않는다. 왜냐하면 여기서 마르크스는 거의 프로이트의 『꿈의 해석』을 선취하고 있기 때문이다. 그는 단기간에 일어난 '꿈'과 같은 사태를 분석하고 있다. 그 경우 그가 강조하는 것은 '꿈의 사상' 즉 실제적인 계급적 이해관계가 아니라 '꿈의 작업' 즉 그들의 계급적 무의식이 어떻게 해서 압축, 전이되어가는가이다.

피에르가 '카프카의 직관'이라고 부른 것을 가라타니 고진은 '오에 겐자부로의 예견'이라고 말한다. 그에 따르면, 1960년을 배경으로 하는 오에의 소설 『만엔원년의 풋볼』에 나오는 정치행동은 이 작품이 출간된 후인 1960년대 말의 학생운동을 묘사했다고 보는 편이 더 좋다. 예를 들어 소설 속에서 다카시는 "게다가 그들은 이것에 참가함으로써 100년을 뛰어넘어 만엔원년의 봉기를 추체험하는 흥분을 느끼고 있어, 이것은 상상력의 폭동이야. 미쓰처럼 그런 상상력을 움직일 의지가 없는 인간에게는 오늘날 골짜기에서 일어나고 있는 것 따위 폭동도 뭣도 아니지 않아?"라고 말하는데, '상상력의 혁명'이라는 말은 1969년에 유행한 것으로, 1960년에는 아직 없는 개념이었다. 1969년을 가장 잘 다룰 수 있는 사람은 1969년을 경험한 사람들일 테니까, 1960년에 1969년을 '예견'한 오에 겐자부로는, 피에르 바야르 식으로 말하자면, 1969년의 작가들을 예상표절한 셈이다. 물론 오에의 예견성은 "이 작품이 미래에 대해서가 아니라, 과거에 대하여 특정한 시점을 넘어서려고 한 부분에서 온다"면서 가라타니 고진은 역사적으로 나타나는 구조의 반복과 구체적인 내용의 반복을 구분해야만 한다고 말한다. 그러므로 그와 피에르 바야르를 동일선상에 놓고 말하기는 좀 어렵다. 그러나 피에르 바야르의 익살에는 그냥 한번 웃고 넘기기에는 조금 마음에 걸리는 직관이 숨어 있다. 그건 "단순히 시간이 흐른다는 이유만으로 미래의 작가는 과거의 작가보다 더 나아지는가?"라는 질문이다. 이 질문을 확장하면, "시간이 흐른다는 이유만으로 미래의 인간은 과거의 인간보다 더 나아지는가?" 혹은 "어떤 경우에도 미래는 과거보다 진보한다고 말할 수 있는가?"라는 물음이 되겠다.

미래는 과연 과거보다 진보하는가? 그건 지난 4월 16일 진도 앞 바다에서 세월호가 속수무책으로 가라앉은 뒤, 나의 머릿속을 떠나지 않은 의문이기도 했다. 근접하면 침몰하는 세월호에 말려들어 배가 전복되기 때문에 멀찌감치 떨어져 있었다던 해경 123정이 유일하게 배까지 다가가 직접 구조한 이들은 그 배의 운항을 책임진 선장을 비롯한 승무원들이었다. 스스로 배를 빠져나온 사람들을 제외하면, 가만히 있으라는 선내 방송을 듣고 객실에서 기다린 승객들은 단 한 명도 구조되지 않았다. 수학여행을 떠나는 단원고등학교 학생들을 비롯한 승객들 대부분은 선내 방송이 시키는 대로 '가만히 있었다'. 배가 기울어지기 전부터 완전히 가라앉아버린 지금까지, 세월호의 침몰과 관련해서 가장 이성적으로 침착하게 협력한 사람들은 단원고 학생들을 포함한 승객들이었다. 그 외의 사람들은, 초기 구조에 실패한 해경이며 국가개조를 하겠다는 대통령이며 유가족이 벼슬이라던 대학교수는 물론이거니와 TV를 통해 이 모든 일들을 지켜본 사람들까지, 누구 하나 이성적으로 침착하게 이 사태를 대하지 못했다. 이성적으로 침착하게 협력하는 한, 비참하게 죽을 수밖에 없다는 이 진실은, 우리가 경제 성장이라는 분칠 속에 감춰둔 한국사회의 민낯일지도 모르겠다. 이 민낯을 마주 대하는 건 그다지 충격적이지 않다. 어차피 내가 아는 한, 한국사회는 원래 그런 얼굴이었다. 그러나 어이없게도, 혹은 안일하게도 시간이 흐른다는 이유만으로 그 얼굴이 점점 더 나아지리라고 생각한 것만은 부끄럽다. 그건 나이가 든다는 이유만으로 인간이 지혜로워질 수 있다고 착각하는 것이나 마찬가지다. 왜 그런 착각을 했던 것일까? 그건 진보에 대해 우리가 잘못 생각하는 게 있기 때문이다.

세월호가 침몰하는 과정을 모두 지켜봤기 때문에, 앞으로 이와 유사한 여객선 사고가 벌어진다면 우리는 선장이 끝까지 승객들을 대피시켰는지를 따져볼 것이다. 그럴 경우에 만약 선장의 모습이 끝내 나타나지 않는다면 우리는 어떻게 추정할 수 있을까? 아마도 세월호의 기억이 있으니까 선장이 도망쳤을 수도 있으리라 의심할 수도 있다. 이 의심은 합리적이다. 그렇기 때문에 세월호 침몰사건을 거의 반복한 것으로 볼 수 있는 서해 페리호 침몰사건이 벌어졌을 때, 경찰은 선장이 배를 버리고 인근 섬으로 도망갔다고 생각해서 지명수배까지 내렸던 것이다. 그러나 일주일 정도가 지난 뒤, 이 선장은 시체로 발견되었고, 따라서 적어도 세월호의 선장보다는 책임감이 있는 것으로 밝혀졌다. 또한 얼마 전 라디오에 나왔던 서해 페리호 침몰사건 담당 검사의 증언에 따르면, 해경의 대처 역시 세월호보다는 나았다. 즉 서해 페리호 침몰사건은 세월호 침몰사건의 반복이되 선장의 책임감이나 해경의 대처에 있어서는 조금은 더 나아진 경우라고 말할 수 있다. 그런데 문제는 서해 페리호가 시간상으로 먼저 침몰했다는 점이다. 이럴 때 우리는 역사의 후퇴라는 말을 사용한다. 이 말에는 역사가 일시적으로 후퇴하는 경우는 있어도 전체적으로 봐서는 진보한다는 속뜻이 담겨져 있다. 하지만 과연 그런가? 대통령선거가 있었던 2012년의 한국인들은 『브뤼메르 18일』의 배경인 1848년의 프랑스 농민들보다 164년만큼 진보한 형태의 투표를 했다고 말할 수 있을까? 2012년의 한국인들은 아버지의, 그나마 평가가 엇갈리는 후광만이 정치적 자산의, 거의 전부라고 할 수 있는 박근혜 후보를 선거로 뽑은 것 아닌가?

과연 역사는 시간이 흐른다는 이유만으로 진보하는가? 말했다시피 이건 나이가 든다는 이유만으로 인간은 지혜로워진다는 것만큼이나 거대한 착각이다. 인간은 저절로 나아질 수 없고, 그런 인간의 역사 역시 시간이 흐른다는 이유만으로 진보하지 않는다. 가만히 놔두면 인간은 나빠지며, 역사는 더 나쁘게 과거를 반복한다. 즉 진보의 관점에서 보자면, 과거가 더 낫게 미래를 반복한다. 그러므로 이반 일리치는 "미래는 삶을 잡아먹는 우상입니다. 우리에게는 미래가 없습니다. 오직 희망만이 있을 뿐입니다"라고 말한 것이다. 저절로 진보하는 게 역사였다면, 지금쯤은 망각의 저편으로 사라졌을 소포클레스의 『오이디푸스 왕』을 지금 읽는 까닭도 바로 여기에 있다. 역병이 창궐하는 테바이는 2014년 4월 진도체육관과 팽목항의 풍경을 묘사하는 듯하다.

> 헤아릴 수 없는 죽음으로 도시는 죽어가고,
> 이 도시의 자식들은 동정도 문상도 받지 못한 채
> 땅바닥에 누워 죽음을 퍼뜨리고 있구나.
> 거기에 맞춰 아내들과 백발의 노모들은
> 여기저기서 제단으로 몰려가 통곡하며
> 쓰라린 고통에서 구해주기를 애원하고 있구나.
> 구원을 비는 기도 소리가 울려퍼지고, 거기에 뒤섞여

곡소리도 들리는구나.*

이 절체적 절망 앞에서 테바이의 왕 오이디푸스는 선왕 라이오스를 살해한 자들을 알아내어 사형에 처하거나 나라에서 추방하기 전에는 그 역병에서 벗어날 길이 없다는 신탁을 받고 선왕 살인범을 찾기 위해서 눈먼 예언자 테이레시아스를 부른다. 두 사람의 대화는 다음과 같다.

테이레시아스: 나는 더이상 말하지 않을 것이오./그러니 화가 나신다면 실컷 화를 내십시오.
오이디푸스: 암, 화내고말고. 그리고 기왕 화가 났으니, 남김없이/내 생각을 말하겠소. 알아두시오. 그대는 내가 보기에/그대 손으로 죽이지만 않았을 뿐 이 범행을 함께/모의하고 함께 실행했소. 그대가 장님만 아니라면,/나는 그대 혼자서 이 범행을 저질렀다고 말했을 것이오.
테이레시아스: 진정이시오? 그렇다면 내 그대에게 이르노니,/그대는 자신이 내린 명령에 따라 오늘부터는/여기 이 사람들과 내게 한마디 말도 걸지 마시오./그대가 이 나라를 오염시킨 범인이기 때문이오.

오이디푸스는 테이레시아스의 이 마지막 말을 어떻게 받아들일

---

* 『소포클레스 비극 전집』, 천병희 옮김. 이하 인용 역시 같은 책.

까? 누군가 역사는 저절로 진보한다는 우리의 거대한 착각 때문에 세월호는 21년 전의 서해 페리호를 더 나쁘게 반복하며 서해바다 속으로 가라앉은 것이라고 말한다면 우리는 그 말을 어떻게 받아들일까? 잘 모르겠다면 다시 2500년쯤 전에 쓰인 책을 읽는 수밖에. 오이디푸스는 테이레시아스의 그 말을 부정한다. 아마도 우리와 마찬가지로.

오이디푸스: 그따위 말을 하다니 어쩌면 저토록 뻔뻔스러울 수 있나!/그러고도 어떻게 그 벌을 면하리라 생각하시오?

테이레시아스: 벌써 면했소이다. 내 진리 안에 내 힘이 있기 때문이오.

오이디푸스: 그건 누구에게 배웠소? 아무래도 그대의 재주는 아니오.

테이레시아스: 그대에게 배웠지요. 싫다는데도 그대가 말하게 했으니까요.

오이디푸스: 무슨 말을? 잘 알 수 있도록 다시 말해보시오.

테이레시아스: 아까는 알아듣지 못했소? 아니면 말하도록 나를 부추기는 것이오?

오이디푸스: 충분히 알아듣지 못했소. 그러니 다시 한번 말해보시오.

그래서 테이레시아스는 다음과 같이 말한다. "그대가 바로 그대가 찾고 있는 범인이란 말이오." 인간은 저절로 나아지며, 시간이 흐른다는 이유만으로 역사는 진보한다고 우리가 착각하는 한, 점점 나빠지는 이 세계를 만든 범인은 우리 자신일 수밖에 없다. 오이디푸스의 망각과 무지와 착각은 또한 우리의 것이기도 하다. 그러니 먼저 우리는 자신의 실수만을 선별적으로 잊어버리는 망각, 자신을 잘 안다고 생각하는 무지, 그리하여 시간이 흐를수록 나만은 나아진다고 여기는 착각에서 벗어나야만 한다. 그게 바로 자신의 힘으로 나아지는 길이다. 우리의 망각과 무지와 착각으로 선출한 권력은 자신을 개조할 권한 자체가 없다. 인간은 스스로 나아져야만 하며, 역사는 스스로 나아진 인간들의 슬기와 용기에 의해서만 진보한다.

김연수
작가세계문학상, 동서문학상, 동인문학상, 대산문학상, 황순원문학상, 이상문학상 수상. 소설집 『스무 살』 『내가 아직 아이였을 때』 『나는 유령작가입니다』 『세계의 끝 여자친구』 『사월의 미, 칠월의 솔』, 장편소설 『가면을 가리키며 걷기』 『7번국도 Revisited』 『꾿빠이, 이상』 『사랑이라니, 선영아』 『네가 누구든 얼마나 외롭든』 『밤은 노래한다』 『원더보이』 『파도가 바다의 일이라면』, 산문집 『청춘의 문장들』 『여행할 권리』 『우리가 보낸 순간』 『지지 않는다는 말』 『소설가의 일』 『대책 없이 해피엔딩』(공저)이 있다.

박민규

눈먼 자들의 국가

타서는 안 될 배였다.

　일본에서 18년이나 운항된 낡은 배였고 무분별한 규제 완화를 통해 수입된 선박이었다. 수리는 늘 땜빵으로 이뤄졌고 무리한 개조와 증축이 배의 무게중심을 높여놓았다. 더 많은 화물을 싣기 위해 배의 균형에 절대적 영향을 미치는 평형수가 상당량 빠져 있었다. 선장은 비정규직이었고 일등 항해사와 조기장은 출항 전날 채용된 직원이었다. 선사 직원의 증언에 따르면 출항 직전 선박직 선원들이 출항을 거부하며 애걸복걸했다고 한다. 이유는 알 수 없지만 선장의 상태도 평소와 달리 불안해 보였다. 세월호는 국가보호장비로 지정된 배였고 국내 이천 톤급 이상 여객선을 통틀어 유일하게 유사시 국정원에 우선 보고를 해야 하는 배였다. 안개가 많이 긴 밤이었다. 다른 여객선의 출항이 모두 취소된 상황에서 그날 밤 인천항을 출발한 배도 세월호가 유일했다. 다음날 배는 침몰했다. 예견된 사고였다고, 가라앉을 수밖에 없는 배였다고 모두가 말했지만

그런 배를 탔다는 이유로
죽어야 할 사람은 아무도 없었다.

침몰해가는 배에서 제일 먼저 빠져나온 것은 선장과 선원들이었다. 해경 123정은 기울어가는 배 주위를 돌기만 하다가 딱 한 번 접안을 하고 그들을 옮겨태웠다. 승객들의 출입구가 있는 선미로는 가지 않았다. 옷을 갈아입어 몰랐다고는 했지만, 일반인의 출입이 원천적으로 통제된 선수 쪽 조타실이었다. 아니, 그마저도 나중에 거짓임이 드러났다. 선원임을 알았고, 그들은 족집게처럼 476명이 타고 있는 배에서 선원들만 빼내왔다. 그리고 두 번 다시 접안하지 않았다. 승객들은, 또 아이들은 배 안에 갇혀 있었다. 가만히 있으라는 선장의 명령을 따랐기 때문이다. 승객들이 있다는 걸 뻔히 알면서도 선장과 선원들, 또 해경은 탈출하라는 말 한마디를 하지 않았다. 오로지 스스로의 힘으로 배를 빠져나온 승객들만이 가까스로 헬기와 보트에 오를 수 있었다. 엄밀히 말해 구조가 아닌 탈출이었다. 해경은 끝내 선내에 진입하지 않았다. 의자로 창문을 두드리는 아이들의 외침도 외면했다. 그리고 배는 물속으로 가라앉았다.

바다는 잔잔했다.

그래서 더, 잔혹했다.

보다 잔혹한 일은 그뒤에 일어났다. 배가 침몰한 상황에서, 일 분 일 초가 아쉬운 그 상황에서도 구조는 이뤄지지 않았다. 현장에 집결한 수백 명의 실종자 가족들이 애원하고 오열해도 해경은 구조를 하지 않았다. 아니, 하는 척만 했다. 항의하는 유가족들에게는 거짓말을 둘러댔다. 결코 사실이어선 안 될, 괴담이라 치부되던 소문들이 대부분 나중에 사실로 드러났다. 언론은 종일 가능성과 희망을 떠들었다. 에어포켓이며 골든타임, 정부가 구조에 최선을 다하고 있다는 속보들이 매체를 장악했다. 전부 거짓말이었다. 구조대원 726명과 함정 261척, 항공기 35대가 집중 투입된 사상 최대 규모의 수색작전을 벌인다는 기사도 있었다. 사상 최대 규모의 거짓말이었다. 구조는 없었다. 아니, 한 걸음 더 나아가 현장을 통제한 해경은 적극적으로 골든타임의 구조를 가로막았다. 해군과 119구조단, 각지에서 모여든 민간잠수사들…… 어느 누구도 아이들을 살리기 위해 바다에 뛰어들 수 없었다. 심지어 해군참모총장이 두 번이나 명령을 내린 통영함도 현장에 투입되지 못했다. 이는 감히 해경이 저지할 사안이 아니었다. 구조를 전담한 것은 한 민간업체였다. 선사와 계약을 맺었으며 이런 일은 민간업체가 더 전문적이란 설명이 뒤따랐다. 그렇게 골든타임이 지나갔다. 그리고 더는, 누구도 구조될 가능성이 사라진 어느 날(한 달 후) 논란이 불거지자 그 민간업체의 이사가 TV에 나와 말했다. 우리는 사실 구조업체가 아니라고. 우리는 인양을 하러 온 업체라고, 그가 말했다. 그럼 구조

는 누가 맡은 거냐는 질문에

　구조는 국가의 업무죠.

　라는, 너무나 당연한 답을 우리에게 들려주었다. 그럼 여태 국가
는 무얼 했단 말인가? 가라앉은 배보다 더 무거운 의혹이 우리를
짓눌렀다. 무엇 하나 이상하지 않은 게 없었다. AIS 항적이며, 교신
기록이며, CCTV며…… 아무튼 침몰한 배에 관련된 기록들은 없
거나, 불분명하거나, 조작되거나, 공개되지 않았다. 도대체, 왜? 아
무도 그 의문에 답하지 않았고 누구도 이 일을 이해할 수 없었다.
당연히 구조는 국가의 의무였으므로 국가에 대한 의혹이 꼬리에
꼬리를 물기 시작했다. 잔혹보다 끔찍한 의혹이었다. 악마를 보았다
고 우리는 외쳤고 미안하다고, 잊지 않겠다고 울며 조문했다. 이것
이 과연 나라인가? 기울어가는 배의 갑판에 모두가 서 있는 기분이
었다. 일찌감치

　제일 먼저 배를 빠져나간 것은 대통령과 청와대였다. 청와대
는 재난 컨트롤타워가 아니다, 라는 말로 일찍 못을 박았고 이 말
은 감사원의 입을 통해 또 국정조사에 임한 대통령 비서실장의 입
을 통해 수차례 언급되었다. 아니, 그보다 청와대는 TV 뉴스를 보
고 사고 소식을 처음 접했다고 했다. 안전행정부 상황실도 국정원도
YTN뉴스를 보고 사고를 알았다고 했다. 같은 시각 나는 세탁소에
맡긴 옷을 찾으러 갔다가 뉴스를 보았는데, 말인즉슨 나와 세탁소

김씨와 김씨의 부인인 안씨와 정부가 동급이란 얘기였다. 국정원의 말은 거짓으로 드러났다. 그리고 이것은

실은 매우 이상한 거짓말이다.

여론이 악화되자 대통령이 대국민 사과를 했다. 대통령은 모든 걸 바꾸겠다고 했고 이번 사고에 제대로 대처하지 못한 최종 책임은 대통령인 자신에게 있다고 했다. 그리고 마치 결백(청와대가 컨트롤타워가 아니었다는)이라도 증명하듯 최종 책임이 아닌 최우선 책임을 져야 할 해경을 해체했다. 이래도 되나 싶을 정도의 독단적이고 강렬한 처벌이었다. 그리고 울었다. 막 울었다. 쉬운 일이 아니었을 테지만 6·4 지방선거를 앞둔 시점이었다. 어쨌거나 대통령이 사과를 한 이상 이 참혹한 사고의 진상이 곧 규명될 거라 막연히 생각했다. 선거에 출마한 여당 후보들의 외침도 한결같았다. 머리끝부터 발끝까지 바꾸겠습니다. 한 번만 살려주십시오. 울먹이며 절을 했다.

전부 거짓말이었다.

참패를 예상했던 여당이 선거에서 기대 이상의 성적을 거두자 상황이 급변했다. '세월호 침몰사고 진상규명을 위한' 국정조사가 시작되자 이를 가로막은 것은 정부였다. 국회의 거듭된 요구에도 청와대는 자료 제출을 거부했다. 청와대 담당자는 "자료 제출을 하지

말라는 지침을 받았다"고 했고, 지침을 내린 자가 누구인지도 끝내 밝히지 않았다. 조사를 하지 말라는 얘기였다. 청와대가 그러하니 다른 기관들의 자세도 성실할 리 없었다. 당신 누구야? 여당 의원 은 유가족에게 호통을 쳤고 조사는 무엇 하나 제대로 이뤄지지 않 았다. 새로운 도대체, 왜? 가 성립되는 순간이었다. 구조에 최선을 다하겠다 해놓고 왜 구조를 하지 않았나? 란 질문에

진상규명에 최선을 다하겠다 해놓고 왜 이를 가로막나? 란 질문이 추가된 것이다. 몇 가지 성과가 있긴 했다. 이미 버린 몸(해체) 해경이 제출한 사고 당시 청와대와의 통화내역을 통해 당시의 정황을 알 수 있었고 어렵게 모셔온 비서실장의 입을 통해 사고가 있은 당일 대 통령의 행적에 문제가 있다는 사실이 밝혀졌다. 무엇보다 476명이 탄 선박이 침몰한 참사가 일어났는데 아무런 대책회의가 없었으며, 그 위중한 일곱 시간 동안 비서실장은 대통령이 어디 있었는지 "모 른다"는 답변을 했다. 그날 국가는 없었다는 가설이 사실이 되는 순 간이었다.

말 그대로 국정'조사'였으므로 국정조사는 그걸로 끝이 났다. 수 사권과 기소권이 포함된 특별법이 그래서 화두가 되었다. 당신 누 구야 소릴 들어가며, 퇴장을 당해가며 유가족들이 알아낸 것은 구 조를 하지 않은 정부가 그에 대한 진실을 밝힐 의지도 전혀 없다는 사실이었다. 무엇보다 이제 누구도 정부를 믿을 수 없었다. 수사권 과 기소권에 대해 여당은 사법체계의 근간을 흔드는 것이라며 예민

하게 반응했다. 대한변호사협회가 이는 사실이 아닌 근거 없는 주장이며, 진실규명 및 재발방지를 위한 4·16 특별법을 제정하라고 촉구해도 꿈쩍하지 않았다. 한 여당 의원은 말했다. 유가족에게 수사권과 기소권을 준다는 것은 피해자에게 칼자루를 쥐여주는 것과 같다고. 나는 그에게 묻고 싶다. 그럼 가해자에게 칼자루를 쥐여줘야 하냐고.

공공의 적이 공공일 때
공공의 적인 공공에게 어떤 혐의가 있을 때
그 공공을 심판할 수 있는 건
누구냐고 묻고 싶다.

의혹을 만들고 키운 것은 정부였다. 그리고 갑자기 프레임이 요동치기 시작했다. 3족을 멸한다는 느낌으로 유병언 일가가 부각되었고 결국 유병언의 시신이 발견되었다. 유병언의 시신에 관해서는…… 성인의 입장에서 달리 할말이 없다. 아니, 애썼다는 말을 해주고 싶다. 다만 나는 눈이 좀 쓰렸다. 눈이 부실 정도로 과도한 보도였기 때문이다. 제사상에 오른 돼지머리를 보는 듯도 했고, 굿판이란 게 이런 건가 생각도 들었다. 실은 그럴 사안이 전혀 아니었다. 과도하고 불필요한 흐름은 거기서 그치지 않았다. 농성중인 유가족들을 향한 공격이 여당 의원들의 입을 통해, 언론과 인터넷과 SNS를 통해, 애국보수단체의 행동을 통해 쏟아지기 시작했다. 도대체, 왜? 이럴 사안도 전혀 아니었지만, 아무튼 이 불필요한 동작의 흐름을 모아보면 정부가 지향하는 바를 알 수 있었다.

세월호는 사고다.

즉 사고-보상의 프레임이다. 이미 여러 의원들이 같은 맥락의 말을 이어왔고, 이 말은 또 여러 갈래의 뿌리를 내리고 또 내렸다. 누가 놀러가서 죽으라 했어요? 그만큼 했음 됐지, 왜 사고로 죽은 걸 가지고 정부를 물고 늘어지냐. 유가족이 벼슬이냐? 사고 원인은 죽은 유병언한테 물어봐라. 차 타고 가다 죽으면 대통령한테 가서 항의하냐? 세월호는 기본적으로 교통사고다. 아무튼 또…… 기타 등등. 나는 문득 김보성을 떠올렸는데 이것이 논리라기보다는 의리라는 느낌이 들어서였다. 그렇다.

지금 누군가가
세월호가 으리으리한 사고로 정리되기를
간절히 바라고 있다.
만약 이 나라가 침몰한다면
그 원인은 의리일 거라 나는 믿는다.

의리 아닌 의리로 유지되는 집단 두 개를 나는 알고 있다. 군대와 마피아다. 윤일병 사건과 세월호는 여러 가지 공통점이 있다. 우선 지도자(국방부장관)가 뉴스를 보고 사건을 알았다는 점, 유가족의 손으로 진실을 밝히지 않으면 그대로 묻혀 넘어간다는 점, 수십

년간 이런 일들이 있어왔으나 어떤 적폐도 실은 해소되지 않았다는 점. 관피아며 해피아, 이런 단어들이 비로소 수면에 떠올랐지만 나는 그 정점에 정권이 있다고 생각한다. 보수는 부패로 망하고 진보는 분열로 망한다는 말이 있다. 하지만 그렇지 않다. 진보는 분열로 망해도 보수는 부패로 망하지 않는다. 분열엔 의리가 없지만 부패엔 의리가 있기 때문이다. 세월호는 사실 30년 전 한 여가수의 노래 속에 처음으로 떠 있었다. 〈아, 대한민국〉이란 노래였다. 하늘엔 조각구름 떠 있고 강물에 떠 있던 그 유람선⋯⋯ 바로 유병언과 세모해운의 출발이었다. 그는 바로 정권과의 의리를 쌓아나갔다. 그 의리 때문에

오대양 사건의 진실은 밝혀지지 않았고 〈아, 대한민국〉 속에 떠 있던 그 유람선은 30년 뒤 세월호가 되어 우리 앞에 나타났다. 여기서 아무도 지적하지 않는 세월호의 키워드를 말해야겠다. 그것은 '민영화'다. 세월호에 조금이라도 관심이 있는 사람이라면 한국선급이며 이런저런 각종 조합들의 이름을 기사에서 본 기억이 있을 것이다. 이제 이것을 단순한 비리, 유착으로 보아서는 곤란하다. 예컨대 30년 전 세모의 뒤를 봐주던 공무원이 진급을 하고 퇴직을 했다면 그는 순순히 그 권익을 손에서 놓고 싶었을까? 아니면 어떤 단체를 만들어 자신이 해왔던 정부의 역할을 민간이 대행하는, 그런 길을 걸었을까? 그럼 이런 예는 또 어떨까? 세월호를 검사했던 한국선급은 주로 퇴임한 해수부 관리들이 요직에 앉는 비영리단체인데, 경제활성화와는 매우 동떨어진 '비영리'라는 한계를 극복하

고 지난해 박근혜 정부로부터 '대한민국 창조경제 대상'을 수상했다면…… 어떨까? 실제로 한국선급은 대한민국 창조경제 대상을 수상했고, 이는 비단 해운업계의 일만은 아닐 것이다. 끊임없이 정부의 업무는 민영화되어가고 있다. 때로 정부의 형태를 빌려 민영화가 진행될 수도 있다. 예컨대 정권의 핵심이 어떤 정책을 세워 특정 기업이나 업종에 정부의 업무를 맡긴다면, 혹은 판다면…… 또 예컨대 국정원과 같은 국가 주요기관이 어떤 특정 세력에 의해 실은 민영화된다면…… 생각만 해도 끔찍한 일이 아닐 수 없다. 이제 다시 세월호는 사고다, 라는 명제로 돌아가보자. 자꾸 사고, 사고, 해서 하는 말인데 그렇다, 이제 겹쳐진 두 장의 필름을 분리할 때가 되었다. 세월호는 애초부터 사고와 사건이라는 두 개의 프레임이 겹쳐진 참사였다. 말인즉슨 세월호는

선박이 침몰한 '사고'이자
국가가 국민을 구조하지 않은 '사건'이다.

이제 이 두 장의 필름을 분리해야 한다. 겹쳐진 필름이 이대로 떡이 질 경우 우리는 이것을 하나의 프레임, 즉 '세월호 침몰사고'로 기억할 위험이 크기 때문이다. 대부분의 언론이 아직도 이 타이틀을 쓰고 있다. 별다른 오류가 없어 보이지만 여기엔 누구도 의도하지 않은 함정이 있다. 명사는 모든 것을 아우른다. 그리고 인간의 무의식은 시간이 흐를수록 이를 '사고'로 인지하기 마련이다. 사소한 문제인 듯하나 이는 매우 중요한 사안이다.

사고와 사건은 다르다. 사전적 해석을 빌리자면 '사고'는 뜻밖에 일어난 불행한 일을 의미한다. 반면 '사건'은 사회적으로 문제를 일으키거나 주목받을 만한 뜻밖의 일을 의미하는데 거기엔 또 다음과 같은 해석이 뒤따른다. 주로 개인, 또는 단체의 의도하에 발생하는 일이며 범죄라든지 역사적인 일 등이 이에 속한다. 그렇다. 그런 이유로 우리는 교통사고를 교통사건이라 부르지 않으며, 살인사건을 살인사고라 부르지 않는 것이다. 그러므로 세월호 사고와 세월호 사건은 실은 전혀 별개의 사안이다. 나는 후자의 비중이 이루 비교할 수 없을 만큼 훨씬 더 중요하다고 생각한다. 다시 한번 분명히 말한다. 이것은

국가가
국민을
구조하지 않은
'사건'이다.

야당이 왜 '사건'이란 타이틀을 확보하지 않는지 나는 모르겠다. 거기에 비해 여당은 노력하고 있다. 필사적이다. AI가 퍼지는데 대통령이 모든 사람 동원해서 막아라 그럼 컨트롤타워입니까?(조원진) 세월호는 기본적으로 교통사고다(주호영)…… 나는 이들이 학식이나 판단력이 모자라 저런 말을 한다고는 생각지 않는다. 어떤 반응이 돌아올지 모르고 뱉는 말은 더더욱 아니다. 지금 저들은 '사

고'란 타이틀을 확보하기 위해 필사적으로 노력하고 있다. 사고, 사고, 사고란 단어가 거론될 때마다 겹쳐진 필름이 떡이 진다는 사실을 저들은 잘 알고 있다. 3족을 멸하듯이 유병언을 부각시킨 이유도 그것이다. 부각이란 말에 거부감을 느낄 사람도 있겠으나 나는 '호위무사'란 단어를 고딩 때 겨울날 무협지에서 읽은 후 27년 만에 조우했다. 경호원이나 보디가드란 단어를 기자들이 몰랐을 거라고는 더더욱 생각지 않는다. 유병언은 사고의 책임자지 국가가 국민을 구조하지 않은 사건의 책임자는 아니다. 사건의 책임자는 따로 있다. 유가족들이, 또 많은 국민이 진실을 밝히고자 하는 이유는 그 때문이다. 지금 그것을 정부가 가로막고 있다. 도대체, 왜? 나는 그 이유를 모르겠다.

아무것도 밝혀지지 않았으므로 보편적이고 일반적인 얘기만 하려 한다. 사고와 사건의 관계에 관한 얘기이다. 우선 사고에는 의도가 없다. 자연재해가 그러하며 인재의 경우에도 실수, 태만, 방심에 의해 비롯되는 것이지 의도한 바가 아니기 때문이다. 의도가 개입되는 순간 사고는 사건이 된다. 쉬운 예를 들어보자. 교통사고가 사건으로 발전하는 가장 흔한 예가 뺑소니다. 신고와 구호·수습의 '의무'를 저버린 데에는 분명한 '의도'가 존재하기 때문이다. 안보를 중시하고 애국의 길을 걷는 사람들은 알 것이다. 군대에서 탈영이 얼마나 중차대한 범죄임을. 특히 전쟁과 같은 유사시 탈영이 어떤 처벌을 받는가를.

왜?

국민이 국가를 지켜야 하는 의무를 저버렸기 때문이다.

마찬가지다.

국가가 국민을 지켜야 하는 의무를 저버렸을 때

국가는 어떤 처벌을 받아야 하는 걸까?

당신은 의무를 다해왔고

한 푼 빠짐없이 세금을 납부했다.

국가의 안녕을 위해 언제나 여당을 지지해왔다.

그런 당신이라면

한번쯤 깊이 생각해볼 문제가 아닐 수 없다.

안다. 대통령이 직접 TV에 나와

눈물을 흘렸다는 걸 안다.

탈영병들도 모두

눈물을 흘린다.

앞서 말한 '의도'라는 이 중요한 단어를 기억하자. 역시나 보편적
이고 일반적인 얘기를 이어가기 위해서다. 이 의도가 있으므로 해
서 사건에는 위장과 은폐, 의혹이 뒤따르기 마련이다. 『사건과 실화』
라는 잡지는 창간될 수 있어도 『사고와 실화』라는 잡지는 창간될
수 없는 이유가 그 때문이다. 여기서 한 가지 짚고 넘어가자. 대상
이 해경이든, 언론이건, 국정원이건, 청와대건…… 어쨌거나 공공

의 주체인 당신들에 하고 싶은 말이 있다. 당신들은

　너무 많은 거짓말을 했다.

　선박이 침몰한 그 순간부터 지금까지 정말 너무 많은 거짓말을
했다. 서슴없이 했다. 유가족들이 오열하는 앞에서도, 야 거짓말하
지 말라고 씨발 년아 소릴 들어가면서도(KBS 〈굿모닝 대한민국〉),
전 국민이 지켜보는 앞에서 국민을 상대로 거짓말을 했다. 다 바
꾸겠다고 거짓말을 했고, 성역 없는 수사를 하겠다고 거짓말을 했
다. 구조에 최선을 다한다는 거짓말을 했고 구조대원 726명과 함
정 261척, 항공기 35대가 집중 투입된 사상 최대 규모의 수색전을
벌인다는(연합뉴스) 사상 최대 규모의 거짓말을 했다. 304명의 무
고한 죽음 앞에서 그러니까 당신들은 이루 열거하기 힘든 많은 거
짓말을 했다. 왜냐고는 묻지 않겠다. 더는 거짓말을 듣고 싶지 않기
때문이다. 거짓말은 의도에서 비롯된다. 아니, 거짓말은 그 자체가
의도이고 사건이다. 인류 역사를 통틀어 이토록 많은 거짓말이 필
요했던 사고 수습은 없었다. 당신들은 어떤 의혹을 받아도 싸다. 역
시나 보편적이고 일반적인 얘기로 못을 박자면

　사고로 위장된 사건은 있어도
　사건으로 위장된 사고는 존재하지 않는다.

　물론 예외는 있다. 예컨대 그런 일이 없었는데 정부가 전 언론을

동원, 자국의 군함이 적국의 어뢰를 맞았다고 주장하는 경우가 그런 경우이다. 아, 뜨끔해하거나 오해하지 말기 바란다. 1964년에 있었던 미국의 통킹만 사건을 말하는 것이니까(훗날 베트남전의 빌미를 얻기 위한 자작극으로 밝혀졌다). 이런 개쓰레기 같은 조작은 인류사를 통틀어 극히 드문 일이고 내가 말하고자 하는 것은 일반적인 범주에서 사고와 사건의 관계이다. 실은 정부를 위해서 하는 말이다. 내가 볼 때 진실을 밝혀야 할 입장에 선 것은 유가족들이 아니라 당신들이다. 이 참사가

사고로 위장된 사건이 아니라면 말이다.

가라앉은 세월호 속에서 한 대의 노트북이 건져졌고, 거기서 또 국정원의 이름이 적힌 파일이 나왔다. 세월호의 실소유주가 국정원이 아니냐는 의혹이 제기되고 곧바로 국정원이 이에 답했다. 아니었다. 이미 사망했다는, 국정원이 말한 파일의 작성자는 문서가 작성된 이후 입사한 선원이었다. 당신들은 이미 지난 대선 때 댓글 공작을 통해 선거에 개입했으며 이 와중에 군 사이버 사령부의 선거 개입 역시 사실로 밝혀졌다. 서울시 공무원 간첩조작 사건으로 국정원장이 사과를 한 것은 세월호 참사가 나기 불과 하루 전이었다. 사건 초기 참사가 난 사실을 뉴스를 보고 알았다고 또 거짓말을 했다. 정말 진실을 밝혀야 할 사람들은 당신들이다. 적과 대치한 상황에서 언제나 위중한 업무를 도맡아야 할 국가의 주요기관이기 때문이다.

나는 두렵다.

유가족들의 단식이 이어지고 있기 때문이다. 여당이 보이는 사고-보상의 프레임으로는 이 문제를 절대 해결할 수 없다. 아마도 다음 프레임은 세월호가 경제의 발목을 잡는다. 또 이어질 프레임은 세월호 유가족 속에 불순 선동세력이 있다. 그리고 결국 당신들의 비장의 무기 당신들의 오류~켄 종북으로 몰아갈까 나는 두렵다. 그럴 사안의 일이 아니다. 선거에서 이겼으니 이는 국민이 면죄부를 준 것이라는 식으로 뭉개고 갈 일이 아니란 말이다. 진심으로 대통령께 고하건대 아직 당신이 모르는 사실이 있다. 당신도 분명 그 꽃다운 아이들을 구하고 싶었을 것이다. 선실 구석구석을 수색해 단 한 사람도 빠뜨리지 말고 구하라는 명령을 내린 것도 그런 이유였을 것이다. 하지만 그럴 기회가 당신에게 주어지지 않았다. 비서실장의 말 그대로, 누가 보기에도 생각보다 배는 너무 일찍 넘어갔다. 그러나 아직 기회가 사라진 것은 아니다. 진심으로 진심으로 바라건대 각하, 지금 당신에겐

저 불쌍한 유가족들을
구조할 기회가
아직은

아직은 남아 있다는 말을 진심으로 하고 싶다. 그리고 이것은 마

지막 기회이다. 역사가 당신에게 주는 마지막 기회인 것이다. 단 한 번도 진실이 밝혀진 적 없는 나라에서 이 글을 쓴다. 아프다. 너무 아프다. 한 아이의 아버지이기 때문이고 이곳에 발붙인 인간이기 때문일 것이다. 그리고 무엇보다 우리가 모두 한 배를 탔기 때문이다.

내릴 수 없는 배다.

일본이 36년간 운항하던 배였고 우리가 자력으로 구입한 선박이 아니었다. 일종의 전리품이었다. 승전국이었던 미국은 군정을 통해 배의 평형수를 조절했고 배의 관리를 맡은 것은 예전부터 조타실과 기관실에서 일해온 선원들이었다. 그들은 자발적으로 벨로스터 밸브의 한쪽을 아예 비웠다. 평형수를 비우면 비우는 만큼, 배에 실을 수 있는 화물의 양은 증가했다. 적재와 적재와 적재와 적재…… 우리는 그것을 기적이라 생각했다. 배는 늘 통제되고 관리되어왔다. 2층 객실에서 3층 객실로, 이어 4층 객실로 올라가는 계단은 언제나 좁고 미어터졌다. 붐비는 통로에서 또 복도에서 우리는 늘 방송을 들었다. 잘살아보자는 방송, 하면 된다는 방송이었다. 올라가기 위해, 한 층이라도 더 올라가기 위해 우리는 노력했다. 발전과 번영은 종교가 되었고 배가 왜 이렇게 기울었지? 의혹을 제기하면 종북이란 이름의 이단으로 몰려야 했다. 우리는 태생적으로 기울어야 했던 국민이다. 기울어진 배에서 평생을 살아온 인간들에게

이 기울기는

안정적인 것이었다. 제대로 포박되지 않은 컨테이너처럼 쌓아올린 기득권과 기득권과 기득권과 기득권의 각도 역시 이 기울기와 각을 같이한 것이었다. 배는 계속 운항을 해야 했다. 평형수를 뺐음에도 배의 무게중심은 생각보다 낮고 안정적이었다. 왕정에서 식민지를 거쳐 영문도 모르고 배의 아래칸에 선적된 '국민'이란 이름의 화물이 있어서였다. 항해가 계속되고 사정은 달라졌다. 무분별한 개축과 증축이 이어지며 무게중심은 올라갔다. 84퍼센트가 대학에 진입하는 초유의 고학력사회가 되었다. 정권에 눈먼 선원들은 여전히 기울기를 유지하려 애를 쓰고, 탐욕에 눈먼 국민들은 층수를 유지하려 애를 쓴다. 당연히 문제가 많았으나 근본적인 수리를 한 적은 한 번도 없었다. 땜빵과 땜빵과 땜빵과 땜빵…… 그리고 어느 날

마치 이 배를 닮은 한 척의 배가 침몰했다. 기울어가는 그 배에서 심지어 아이들은 이런 말을 했다. 내 구명조끼 입어…… 누구도 기득권을 포기하지 않는, 누구도 기득권을 포기할 수 없는 기울어진 배에서…… 그랬다. 나는 그 말이 숨겨간 아이들이 우리에게 건네준 마지막 기회라고 생각한다. 이는 정치의 문제도 아니고 경제의 문제도 아니다. 한 배에 오른 우리 모두의 역사적 문제이자 진실의 문제라고 생각한다. 나는 어렸을 때 에밀레종의 실제 타종 소리를 들은 경험이 있다. 그 소리는 매우 슬펐으나 어떤 슬픔도 극복할 수 있는 아름다움과 기나긴 여운을 간직한 것이었다. 우리가 탄 배의 미래를 위해서라도, 세월호라는 배를 망각의 고철덩이로 만들어

서는 안 된다. 밝혀낸 진실을 통해 커다란 종으로 만들고 내가 들었던 소리보다 적어도 삼백 배는 더 큰, 기나긴 여운의 종소리를 우리의 후손에게 들려줘야 한다. 이것은 마지막 기회다. 아무리 힘들고 고통스러워도 우리는 눈을 떠야 한다.

우리가 눈을 뜨지 않으면
끝내 눈을 감지 못할 아이들이 있기 때문이다.

박민규
1968년 울산 출생. 중앙대 문예창작과 졸업. 2003년 「지구영웅전설」로 문학동네작가상, 「삼미 슈퍼스타즈의 마지막 팬클럽」으로 한겨레문학상을 수상하며 등단. 신동엽창작상, 이효석문학상, 황순원문학상, 이상문학상, 오영수문학상 수상. 소설집 「카스테라」 「더블」, 장편소설 「핑퐁」 「죽은 왕녀를 위한 파반느」가 있다.

진은영

우리의 연민은 정오의 그림자처럼 짧고,
우리의 수치심은 자정의 그림자처럼 길다

1. 그 밤이 지나고 우리는 눈물을 흘렸다

그날 오전과 오후에 나는 강의 준비를 했다. 『차라투스트라는 이렇게 말했다』의 몇몇 단락을 학생들에게 설명하기가 곤란해서 골치가 아팠다. 오전에 배가 침몰되었다는 소식과 함께 승객들이 전원 구조되었다고 들었기에 종일 그 일에는 무심하였다. 저녁에는 학교에 특강하러 온 오은 시인을 만났다. 학생들에게 초성놀이로 시 쓰는 법을 알려주고 나온 오은과 컴컴해져가는 강의실 앞 복도에서 차를 마셨다. 오은 시인이 핸드폰을 들여다보더니 복도보다 더 어두워진 얼굴로 말했다. 아직 구조되지 못한 승객들이 있다고. 그의 표정을 보며 나도 걱정이 되었지만 곧 구조될 수 있을 거라고 생각했다. 해경이 도착해 있는 상태라 하니까. 순진하게 낙관했다. 자정의 뉴스를 듣기 전까지 내내 노트에 적어놓은 니체의 모호한 구절들에 대해서만 생각했다.

오, 나의 벗들이여! 사물의 이치를 터득하고 있는 자는 말한
다. "수치심, 수치심, 수치심, 그것이 바로 인류의 역사!"라고. 나
의 고결한 사람은 그 때문에 다른 사람들에게 창피를 주는 일이
없도록 마음을 쓴다. 그는 그 대신에 고통받고 있는 모든 사람들
앞에서 수치심을 느끼도록 마음을 쓴다. 참으로, 나는 연민의 정
이란 것을 베풂으로써 행복을 느끼는, 저 자비롭다는 자들을 좋
아하지 않는다. 그들은 너무나도 수치심을 모른다. (……) "이것
저것 가리지 않고 주는 대로 받는 일이 없도록 하라! 너희들이
받아들일 때는, 그것이 주는 자에게는 특별한 영예가 되도록 받
는 일에 인색하라!" 나 베풀 것이 없는 자들에게 이렇게 권하는
바이다. 그러나 나는 베푸는 자다. 나는 벗이 벗에게 베풀듯 즐
겨 베푼다. 낯선 사람들과 가난한 사람들은 내 나무에 달려 있
는 열매를 직접 따도 좋다. 손수 따기라도 한다면 그만큼 덜 부끄
러울 것이다. 다만 거지만은 남김없이 몰아내라! 참으로 그들에
게는 주어도 화가 나고 주지 않아도 화가 난다.[1]

그 밤이 지나자 울음소리가 들렸다. 탑승자 가족들이 울고 뉴스
를 보던 사람들이 울고 뉴스를 진행하던 앵커가 울고 유가족과 생

---

1) 프리드리히 니체, 『차라투스트라는 이렇게 말했다』, 정동호 옮김, 책세상, 2000,
146~147쪽.

존자 들을 도우러 간 사람들이 울고 대통령이 울었다. 여간해서는 남의 일에 울지 않던 사람들도 아침저녁으로 울었다. 모두들 진심으로 울었다. 어떤 이의 눈물은 악어의 눈물일 뿐이라는 이야기도 있지만 나는 그렇게 생각하지 않는다. 다들 배 안에 남은 아이들과 승객들을 생각하며 견딜 수 없는 슬픔과 혼란을 느꼈을 것이다. 그들에 대한 연민으로 모두가 감전된 새처럼 떨고 있는 나날들. 이런 와중에 학생들에게 연민을 혐오하는 니체의 텍스트를 소개하려니 힘이 들었다. 슬퍼하는 게 비난받을 일인가? 선량한 슬픔을 매도하는 이 철학자가 몰인정하게 느껴졌다.

2. 우리의 연민은 정오의 그림자처럼 짧고, 우리의 수치심은 자정의 그림자처럼 길다

니체는 인간이 빨간 뺨을 가진 짐승이라고 말한다. 인간은 다른 동물들과는 달리 너무 자주 부끄러움을 느끼는 존재이기에 그렇다. 다윈 역시 『인간과 동물의 감정 표현』이라는 책에서 비슷한 이야기를 했다. "얼굴이 붉어진다는 것은 모든 표현의 형식 중에서 가장 고유하고 인간적인 것이다. 원숭이들은 격정으로 인해서 붉어진다. 그러나 어떤 동물의 얼굴이 붉어질 수 있다는 것을 믿도록 만들기 위해서는 엄청난 양의 증거가 필요할 것이다. (……) 그것은 정서적인 영향을 받도록 되어 있는 정신이 존재해야 하기 때문이다."[2] 니

---

2) 임홍빈, 『수치심과 죄책감』, 바다출판사, 2013, 190쪽에서 재인용.

체나 다윈이 아니더라도 우리는 수치심이 인간의 근본적 감정이라는 것을 이해하는 데에 어려움을 느끼지 않는다. 자존감이나 자긍심을 가진 사람이라면 누구든 그것이 손상되었을 때 수치심이 생기기 때문이다. 니체에 따르면, 수치심은 외적 권위에 대한 고려에서 비롯되는 수동적 감정이 아니라 오히려 자기완성을 추구하는 인간의 자긍심과 명예가 충족되지 못했을 때 그 결핍을 알리는 일종의 신호로서 작용한다. 따라서 수치심은 자기 고양을 욕망하는 고결한 존재der Edle가 갖는 감정이다. 고결한 자는 고통스러운 상황을 바꿀 수 있는 역량이 자기 안에 있음을 알며, 그 역량을 미처 사용하지 못한 자신에 대해 부끄러움을 느낀다.

니체의 입장에 우리가 난감해하는 것은 그가 수치심에 대해 납득할 수 없는 주장을 펼쳐서가 아니라 고결한 자의 수치심과 선한 자의 연민을 대비시키며 후자를 집요하게 비난하기 때문이다. 고결한 자와 비교했을 때 연민의 정을 지닌 선한 자는 사실 자기 역량의 최소치만을 사용한다. 그들은 고통의 상황을 그대로 두고서 아주 소량의 도덕적 선행만을 반복한다. 니체는 이런 도덕주의자들을 "마비되어 더이상 힘을 쓸 수 없는 그런 무기력한 앞발을 갖고 있다는 이유를 들어 자신이 선하다고 믿는 그런 겁쟁이"에 불과하다고 비판한다.[3] 앞발을 들어 약자를 해치지 않았다는 사실에 만족하느라 분주한 통에 수치심을 느낄 겨를이 없다는 것이다. 그들은 자신의 역량, 즉 진정으로 행하고 함께 나눌 수 있는 것이 얼마나 되는지를 알지 못한다.

---

3) 프리드리히 니체, 같은 책, 201쪽.

'고통받는 이들을 불쌍하게 여기는 대신 그 고통 앞에서 수치심을 느껴라. 연민이란 참으로 게으르고 뻔뻔한 감정이다.' 상식적 관점에서는 받아들이기 쉽지 않은 주장이다. 그러나 수전 손택 역시 비슷한 생각을 이야기한 적이 있다. "어떤 이미지들을 통해서 타인이 겪고 있는 고통에 상상적으로 접근할 수 있다는 것은, 멀리 떨어진 곳에서 고통을 받고 있는 사람들(텔레비전 화면에서 클로즈업되어 보여지는 사람들)과 그 사람들을 볼 수 있다는 특권을 부당하게 향유하는 사람들 사이에 일련의 연결고리가 있다는 사실을 암시해준다. 고통받고 있는 사람들에게 연민을 느끼는 한, 우리는 우리 자신이 그런 고통을 가져온 원인에 연루되어 있지는 않다고 느끼는 것이다. 우리가 보여주는 연민은 우리의 무능력함뿐만 아니라 우리의 무고함도 증명해주는 셈이다. 따라서 (우리의 선한 의도에도 불구하고) 연민은 어느 정도 뻔뻔한 (그렇지 않다면 부적절한) 반응일지도 모른다."[4]

우리가 마음껏 가엾다고 느낄 수 있는 것은 고통받는 이들의 상황에 우리 자신이 아무런 책임도 없다고 생각할 때뿐이다. 그런데 그날 이후로 우리는 그렇게 느낄 수가 없다. 우리는 교통사고 사망자들을 불쌍하게 여길 수는 있지만 같은 방식으로 세월호 희생자들을 불쌍하게 여길 수는 없다. 손써볼 사이도 없이 발생한 사고가 아니기 때문이다. 우리는 충분히 구할 수 있는 이들을 죽어가도록 내버려두었다. 많은 사람들이 오래도록 괴로워하는 이유도 그것이다. 죽은 사람들이 단지 불쌍해서가 아니라 그들이 죽어가는 긴 시

4) 수전 손택, 『타인의 고통』, 이재원 옮김, 이후, 2004, 154쪽.

간 동안 아무것도 할 수 없을 만큼 이 엉망진창인 시스템을 방치한 우리 자신에 대한 수치심 때문에 몸서리치는 것이다. 그리고 이것이 동정심 많고 선량한 얼굴을 한 정치인들을 보고 많은 사람이 어이없어하는 이유이기도 하다. 이 참사가 교통사고에 비견될 수 있다면, 모두들 자신이 음주운전으로 타인을 죽인 운전자라도 되는 듯 자책하는데 유독 정치인들만이 길 가다 교통사고를 목격한 행인처럼 굴고 있는 듯하다. 목격한 것도 신의 뜻이니 모처럼 좋은 일 좀 해보자는 것일까? 그러니 사고 이후 정치인들이 내놓는 주된 수습안들이 모두 연민과 시혜의 관점에서 벗어나지 못하고 있는 것이다. 가엾은 희생자의 가족들을 위해 적절한 보상금을 책정하고 생존자에게 특혜를 베풀어서 착한 정치인으로 남고 싶은 거다.

배를 운항한 사람들과 구조를 맡았던 사람들과 상황을 보도했던 사람들과 그 모든 것을 총괄해야 했던 사람들과 그 사람들을 뽑아놓고 감시하고 항의해야 했던 우리와…… 모든 이들의 잘못이 들통나버렸다. 수치심으로 얼굴 붉히며 참사를 가져온 겹겹의 잘못에 대해 오래오래 따져 물어야 하는 시간이다. 그래서 누군가 지독한 수치심으로 괴로워해야 할 순간에 그저 울었다는 사실이 문제가 되는 것이다. 대단한 것이라도 베풀듯이 눈물을 보였다는 시혜의 관점이 아니라면, '용서해주세요'도 아니고 '잘못했습니다'도 아닌 '도와주세요'라는 그토록 당당한 선거 구호가 등장할 수는 없다. 그런 이들이 이제 노란 리본을 보면 짜증이 날 법도 하다. 동정이나 연민은 베푸는 사람의 마음이지 받는 이가 요구할 수 있는 것이 아니기 때문이다. 충분히 동정해줬는데도 자꾸 사실을 규명해야겠다니 이제는 피곤도 하고 화도 치밀 것이다. 정치가 있어야 할 곳에 연민과 시혜의 언설이 난무하는 사회가 어째서 뻔뻔스러운 사회인지 나는 이제야 알 것 같다. 백 일 넘는 시간 동안 참담한 상황을 보며, 서글프게도 니체의 저 구절들이 이해되었다.

3. 당신은 우리를 천사로 만들어주었다

연민을 증오하고 거렁뱅이를 몰아내라고 주장한 니체의 동류를 문학에서 찾아보자면 보들레르일 것이다. 시인은 철학자보다 한결 더 거칠고 격렬하다. 그는 몰아내는 것으로는 성이 차지 않는지 거렁뱅이를 때려눕히라고 외친다. 이것이 『파리의 우울』(1869)이라는 산문시집에서 시인이 펼치는 독특한 시적 교육학이다. 시인은 흔히 시혜를 베풀어야 한다고 간주되는 순간에도 평등의 논리를 제안하고 있다. 시혜는 강자가 약자에게 제공하는 것으로 불평등한 관계를 전제할 때만 가능한 활동이다. 시혜와 평등은 완벽하게 대립한다.

잘 알려져 있듯이 『파리의 우울』의 한 산문시에서 술집에 간 시인은 모자를 내밀어 구걸하는 거지를 때리고 거지가 반격을 가하자 기뻐하며 돈주머니에 있던 돈을 나눠 갖는다.[5] 시인은 '스토아학파'의 일원으로서 그 교설을 실행하는 것이라는 자의식을 가지고 그 일을 감행한다. 모든 인간의 형제애를 강조하는 스토아학파의 교설을 구

---

5) 샤를 보들레르, 『파리의 우울』, 윤영애 옮김, 민음사, 1992, 272~274쪽. 이하의 인용은 모두 이 책에서 나온 것이다.

걸하는 이에게 가르치려는 것이 아니다. 시인은 자기 안에 있는 "행동의 악마, 투쟁의 악마"의 속삭임에 귀기울이며 거지와 자신의 평등성을 입증하려고 노력한다. 시인에게는 돈주머니가 있고 거지는 구걸한다는 점에서 시인은 우월하고 거지는 열등하다. 그러나 이런 관계는 다른 측면에서는 얼마든지 역전될 수 있다. 거지 노인은 사실 약골 시인보다 체력적으로 우세한 것처럼 보인다. 노인이 시인에게 대들었을 때 시인이 노인에게 입힌 것보다 더 심한 상해를 시인에게 입혔다는 진술이 이를 입증한다. 따라서 이 상황은 경제적으로 열등한 자의 자존심을 일깨우려는 교육학적 상황에만 머물지 않는다. 여기서 교육의 대상이 되는 것은 시인 자신이기도 하다. "나의 과감한 치료법으로 나는 그에게 자존심과 생기를 되찾아준 것"이라는 시인의 계몽주의적 허풍에도 불구하고 오히려 치유되는 것은 그 자신이다.

그는 언제든 베풂을 받는 자를 고분고분한 자세로 만들어놓는 강력한 시혜적 도덕의 안온한 보호 아래에서만 거렁뱅이에게 군림할 수 있는 약골이다. 그는 자신이 진정한 인간애에서 다른 이들과 돈주머니를 나누는 것인지, 아니면 자신의 사회를 유지하는 시혜의 에토스에 기생하며 안전한 자리를 보전하고 있을 뿐인지를 스스로 의심한다. 그리하여 '가난뱅이를 때려눕히자!'라는 시의 제목과 달리 시인은 거지에게 흠씬 두들겨맞는 요란하고 거창한 세레모니를 치르고 나서야 비로소 자신보다 우세한 거지 노인과 모든 종류의 불평등을 넘어선 인간적 연대를 선언할 수 있었다.[6] 시혜의 논리

---

6) 보들레르는 규범 준수의 기저에 깔려 있는 시민사회의 심리적 허약성을 폭로하

가 근본적으로 불평등에 기여하는 것은 우리가 우리보다 열등하다고 믿는 타자를 상정함으로써 그 타자의 활동 역량을 부재하는 것으로 간주하고 타자 자신도 그렇게 믿도록 만들어버린다는 데 있다. 우리 모두는 어떤 점에서는 우월한 역량을 지녔고 어떤 점에서는 열등한 역량을 지녔다. 우리는 사실 여러 종류의 힘의 관계 속에서 다양한 방식으로 자신의 역량을 입증할 수 있음에도 불구하고 현존하는 불평등의 자리를 역전시키는 것 말고는 어떤 활동도 불가능하다고 믿는다. 즉 거지가 부자의 자리로 상승하거나 부자가 거지로 전락하는 것만이 가능하다고 믿는 것이다. 시혜의 에토스는 이러한 불평등한 자리 배분 자체를 문제삼지 않는다. 그것은 다만 우세한 위치를 점유한 사람과 열세한 위치에 있는 사람이 취해야 할 바람직한 자세를 알려줄 뿐이다. 베푸는 사람은 자비롭게, 베풂을 받는 사람은 고분고분하게 감사하며.

모든 힘의 관계를 시혜의 관계로 표상하도록 하는 언설들이 난무하는 순간, 우리는 베푸는 지배자, 약자들이 가여워 눈물 흘리는 인정 많은 권력자를 받드는 것이 최선의 선택이라고 생각하게 된다. 자비로운 지배자의 표상 반대편에는 무력하고 보호받아야 할, 그리고

려는 듯 보인다. 규범이 무너지고 폭력이 지배할 경우 모든 종류의 사회적 불한당들로부터 자신을 보호할 수 없을 것이라는 홉스적 불안을 점검하기 위해 그는 거지 노인에게 대든다. 즉 내가 다른 이들을 동정하고 그들의 생명을 구하고 선행을 베풀기 위해 노력하는 것은 폭력적 자연상태를 피해 도덕이라는 사회적 안전망 안에 있기 위한 것은 아닌지를 실험하는 것이다. 폭행의 의례가 시 속에 도입되는 것은 바로 이 때문이다. 그는 충분히 얻어터진 후에 돈을 자발적으로 나누어 가짐으로써 자신이 폭력으로부터 도피하기 위해 인간애를 발휘하는 것이 아님을 입증하려고 한다.

그것에 감사할 수 있을 뿐인 우리의 표상이 존재한다. 우리가 스스로에 대해 그와 같은 표상을 가진 이상, 심판자의 위치는 우리에게 어울리지 않는다. 물론 자리의 역전은 가능하다. 가령 우리는 유권자로서 선거기간 동안 우세할 수 있다. 그러나 모처럼 주어진 우세함은 합리적인 선택의 자리가 아니라 베풂을 받았던 자의 반대 표상, 즉 베푸는 자의 자리가 된다.

이번 지방선거와 이어진 보궐선거에서 '도와주세요'나 '살려주세요'라는 구호가 선거 결과에 영향을 미쳤다는 이야기가 오고간다. 지독하게 퇴행적인 선거 구호라는 논평들이 지배적이었다. 저들은 침몰하는 배 안에서 그토록 살려달라고 외쳤던 아이들의 간절한 모습을 자꾸 떠올리게 하는 저런 구호가 전략적으로 성공할 수 있다고 보는지 의아해하기도 했다. 그러나 두 가지 구호 모두 결과적으로 효과가 있었다. 선거 결과를 구호의 효과로만 볼 수는 없겠지만, 참사의 책임을 묻는 심판론이 대두되는 상황에서 그와 같은 구호들이 부정적 효과를 내지 않고 선전했다는 것만으로도 참 놀라운 일이다. 그러나 그런 언설들이 성공하게 되는 메커니즘을 만들어낸 것은 바로 우리 사회에 편만한 시혜의 에토스이다. '도와주세요'와 '살려주세요'는 그런 에토스를 환기시키는 강력한 언설들이다. 그 언설들을 통해 선거는 거룩함을 획득한다. 우리는 그저 한 표 행사할 뿐이지만 그 단순한 행위로 천사가 될 수 있다. 참사 앞에서 어쩔 줄 몰라하며 눈물만 흘리는 한 여인을 돕고 살려달라 애원하는 또다른 여인을 구원할 수 있는 위대한 천사 말이다. 싸우고 항의하고 따져 물어야 하는 순간에 임재하여 모든 것을 거룩하게 만드는 천사는 정치를 근본적으로 소거한다.

베푸는 위치를 거룩한 위치로까지 격상시키고 싶은 이 신성한 의례에의 욕망을 비난할 수는 없을 것이다. 쉽게 주어지지 않는 기회라면 가장 멋지게 사용하고 싶은 마음이 드는 것은 당연하다. 그녀들은 우리를 거룩하게 만들어준다. 칼을 뽑아든 것도 아니고 피흘리는 순교를 한 것도 아닌데 우리는 선거장에만 가면 숭고한 존재가 된다. 이런 신성한 욕망이 한국의 정치 현실에만 등장하는 것도 아니다. 만일 그랬다면 1932년 브레히트가 라디오 방송극 〈도살장의 성 요한나〉에서 여주인공의 입을 통해 이렇게 외치는 일은 없었을 것이다. "오, 아무런 이득도 없는 선량함이여! 알 수 없던 생각들이여! 난 아무것도 변화시키지 못했다. 아무런 성과 없이 서둘러 이 세상으로부터 사라지면서 나는 말한다. (……) 선량하게만 살다 떠나지 말고, 좋은 세상을 남기고 떠나라!"⁷⁾

4. 물어보시오 운명과 눈물은 대답을 못한다

김수영이 깊은 관심을 보이기도 했던 러시아 시인 보즈네센스키는 이렇게 쓴 적이 있다.

　　물어보시오

---

7) 정동란, 「브레히트 서사극에 있어서 '성격'과 '플롯': 『도살장의 성 요한나』를 중심으로」(『브레히트와 현대연극』 8권, 한국브레히트학회, 2000, 122~140쪽)에서 재인용.

운명과 눈물은 대답을 못한다
질문에 진리가 있다
시인들은 질문이다[8]

그러니 우리는 물어야 한다. 질문의 교육학, 즉 시적 교육학은 어
떻게 작동하는가? 이 질문을 완성하기 위해 한 가지 질문을 더 하
자. 왜 시혜의 논리가 선거에서 강력한 영향력을 발휘하는가?

그 이유는 선거야말로 대리의 논리를 근본으로 하는 활동의 장
이기 때문이다. 선거는 우리를 대신하여 발언하고 활동할 정치인들
을 뽑는 것인데, 사실 우리는 그들이 우리를 제대로 대신할 수 있을
것이라고 믿지 않는다. 살려달라며 약자 코스프레를 하는 정당에
안됐다고 한 표 던지는 유권자들이 그 정당이 이후에 자신들의 뜻
을 대리해줄 거라고 믿고 지지하는 것은 아니다. 선거가 진정으로
자신을 대리할 사람을 뽑는 활동이 아니라면 이것을 가장 직접적인
활동으로 만드는 방식은 선거 자체에서 가장 극적인 효과를 만들
수 있는 선택을 하는 것이다. 선거 국면에서 약자로 자처하는 이들
을 구제하는 것이다. 따라서 자신의 계층적 이해관계에 반하는 어
리석은 정치적 선택을 하고 있다고 보이는 유권자들이야말로 실제
로는 직접적 정치활동의 욕망에 가장 충실한 사람들인지도 모른다.
여당이든 야당이든 불쌍해서 뽑아주는 투표 행위는 실제로 자신들

---

8) 안드레이 보즈네센스키, 「대화」, 『보즈네센스키 시선』, 조주관 옮김, 지만지,
2009, 101쪽.

의 진정한 대리자를 선출한다는 유보적 방식(사실 우리가 뽑은 이들이 우리를 제대로 대리할지의 여부는 미래로 유보되어 있다) 대신에 직접적 활동의 기쁨을 가장 극대화하는 방식으로 선거의 장을 만들어가려는 시도이다. 즉 당선시킴으로써 우리는 더이상 불확실한 미래로 유보되지 않는 완결된 활동의 기쁨을 맛볼 수 있다.

물론 이러한 활동에는 도착이 존재한다. 선거의 장은 시혜의 장이 아님에도 불구하고 시혜를 적극적 활동으로 느끼는 것은 일종의 환상이 드리워진 결과이다. 시혜의 시소 한쪽 편에 올라타는 것만이 우리에게 주어진 유일한 활동의 가능성이라는 환상이다. 이 환상이 걷히지 않는 한 거룩한 선거는 계속될 것이다. 밀양송전탑 반대투쟁을 하고 있는 팔십육 세의 김말해 할머니는 이렇게 말한다. "박근혜 찍었지. 지 엄마 아부지 죽어서 불쌍하다고. 내내 테레비 보면서 문재인이 (지지율이) 올라오면 박근혜 안 될까봐 엄청 맘 졸이면서 되라, 되라 했구만." 그랬던 할머니가 이번 선거에서는 다른 선택을 했다. "무소속. 송전탑 반대 도와준다 했는데. 와 안 됐노? 아까바 죽겠다." 그녀는 더이상 불쌍한 후보를 돕는 거룩한 선거를 하지 않는다. 그것은 선거가 자신이 유일하게 적극적일 수 있는 활동이라는 표상으로부터 떨어져나왔기 때문이다. 그녀는 바짝 마른 몸에 지팡이를 짚고 다니며 경찰과 대치하다가 팔을 다쳤다. 몇 개월째 숟가락을 제대로 못 든다. 그러나 할머니에게서는 가련하고 무력한 피해자의 아우라를 찾아볼 수 없다. 송전탑 공사가 일사천리로 진행되고 있으니 싸움은 끝난 것 아니냐는 인터뷰어의 말에 이렇게 대답한다. "끝나다니? 아직 멀었지. 줄(전선) 걸고 할 때까지 싸워야지. 저거(송전탑) 세우는 데는 석 달 걸려도 뜯는 데는 한나절밖에 안 걸린다더라. 죽을 때까지 싸워야지."[9]

거룩한 선거에 정치적 의미를 돌려줄 수 있는 유일한 길은 선거로만 수렴되지 않는 정치적 활동을 활성화는 것뿐이다. 우리는 선량함 밖으로 나아가 다른 활동의 기쁨을 느낄 수 있는 가능성을 사유해야 한다. 시인이 거지에게 흠씬 두들겨맞으면서 수행하는 시적 교육학은 항상 자신과 자신의 사회가 늘 특정한 방식으로('약자'로) 규정하는 어떤 존재에 대한 또다른 표상방식의 가능성을 질문하고 자기 자신에게 허락된 존재방식에 의문을 던지기 위한 것이다. 이 두 가지 가능성의 차원에서 교육되는 대상은 시인 자신이다. 그런 의미에서 시적 교육학은 질문을 통한 일종의 자기교육이라 할 수 있다. 그리고 이러한 자기교육의 첫걸음은 자기 자신을 포함하여 그 어떤 존재든 아무리 약해 보여도 그를 그저 무력한 피해자의 형상으로 바라보기를 멈추는 것이다. 그때에만 우리는 무언가를 시작할 수 있고 예상치 못한 곳에서 무엇인가 시작되는 기미를 포착할 수 있다. 피해자의 형상에 고착될 때 우리는 질문하고 사유하는 대신 선량함의 두꺼운 안대를 두르고서 손쉬운 대답을 반복하게 된다. 우리가 '무력하기만 한 피해자'라는 형상을 통해 바라보는 피해자들은 실제로 현실에서는 진실에 접근하고 사태를 변화시키기 위해 숱한 어려움 속에서 싸움을 시작한다.

세월호 유가족들 역시 수사권과 기소권을 요구하며 스스로 진실

<hr>

9) '이진순의 열림─밀양할매 김말해', 한겨레신문, 2014. 7. 5.

에 접근할 통로를 확보하려고 싸우고 있다. 그들의 정당한 싸움이 '몹시 가여운 사람'이라는 사회적 온정주의의 선을 조금이라도 넘어가면 그들은 곧바로 시체 장사꾼으로, 혹은 불온 세력으로 매도되며 사회적 폭력에 노출될 것이다. 세월호 이후의 문학은 이러한 온정주의의 금지선들, 그리고 시혜의 논리를 반동적으로 활용하는 감성정치들이 정당한 싸움을 마비시키지 못하도록, 고통받는 이들의 표상을 여러 방식으로 균열시킬 수 있어야 한다. 눈물을 흘리며 싸우는 이들, 니체가 표현했던 대로 열매를 "손수 따는" 이들의 형상을 발명하며 다양한 상상과 질문의 방식을 제공할 필요가 있다. 설령 이 시적 상상들이 실현되기 어려운 것일지라도, 우리가 가진 상상과 사유의 벽돌은 '온정이 베풀어질 때까지 너는 그저 기다려야 한다'는 윤리적 독재를 부술 수 있을 것이다. 언제나 문학은 정치학이야말로 진정한 윤리학임을 입증해왔다. 브레히트는 그의 가장 어두운 시절(1938~1941년)에 쓴 시에서 이렇게 노래했다.

이번에는 이것이 전부인데, 충분치가 못하다.
하지만 이것이 아마 너희들에게 말해주겠지, 내가 아직 살아 있다는 것을.
세상 사람들에게 자기 집이 얼마나 아름다웠는지를 보여주려고 벽돌 들고 다니는 사람을 나는 꼭 닮았다.[10]

---

10) Bertolt Brecht, "Motto", *Bertolt Brecht Poems 1913~1956*, edited by John Willett and Ralph Manheim with the co-operation of Erich Fried, New York : Routledge, 1987, p. 347.

잔해 속의 벽돌 하나를 들고서 자기 집이 한때 어땠는지 기억하려는 사람. 무엇이 그 집을 부쉈는지 알고 싶은 사람. 진실과 용기가 살아 있음을 믿고 싶은 사람. 브레히트의 "벽돌 들고 다니는 사람"은 광화문 앞의 유가족들을 꼭 닮았다. 세계의 거짓과 태만이 그들의 집을 부쉈다.

진은영
2000년 『문학과사회』에 시를 발표하며 등단. 시집 『일곱 개의 단어로 된 사전』 『우리는 매일매일』 『훔쳐가는 노래』. 저서 『니체, 영원회귀와 차이의 철학』 『문학의 아토포스』 『시시하다』 등이 있다.

황정은

가까스로, 인간

첫 뉴스를 보았을 때 나는 그 배를 알아보았다. 굴뚝이 낯익었다. 갑판 위로 솟은 그 검은 굴뚝 다발을 인상 깊게 바라본 적이 있었다. 작년 가을에 그 배를 타고 제주에 갔다. 굴뚝이 뿜어내는 매연을 피해 갑판을 이리저리 걸어다닌 기억이 있다. 침대라기보다는 선반 같은 것이 딸린 비좁은 선실에서 창이 없는 점을 조금 불안하게 여기며 잠든 기억이 있고 수시로 기울어지는 복도를 혼자 걸어다니다가 후미진 곳에서 낡은 목욕탕을 발견하고 놀란 기억도 있다. 그 배에 실려 밤바다를 보았고 달을 보았다. 겨울엔 그 배에 관한 기억이 등장하는 단편을 썼다.

그 배네.

그렇게 생각하며 그 짧은 뉴스를 읽었다. 전원 구조되었다는 제목이 달린 뉴스였다.

6월이 되어서야 분향소에 갈 수 있었다.

이백구십 명의 영정 아래 열네 명의 실종자 사진이 놓이고 이튿날이었을 것이다. 안산에 진입한 뒤 분향소 방향을 알리는 흰 현수막을 따라 빙글빙글 돌아가며 화랑유원지에 당도했다. 참사 이후 시간이 흘러 주차장도 분향소도 거의 비어 있었다. 서명을 받는 사람들은 팽목항에 남은 사람들을 걱정하고 있었다. 국화 한 송이를 받아 영정 앞으로 갔는데 어디에 어떻게 서고 어디를 바라봐야 할지 알 수 없었다. 어느 자리에 서든 한눈에 다 들어오지도 않을 만큼 많은 수였다. 이상한 앨범처럼 얼굴들과 이름들이 거대하게 펼쳐져 있었다. 두 달 동안 전에 없을 정도로 골똘하게 뉴스를 들여다보며 지냈는데 비로소 그 자리에서, 세상에 관한 신뢰가 사라졌다는 것을 느꼈다.

이것을 쓰고 있는 오늘, 남쪽에서 올라온 태풍의 영향으로 서울엔 비가 내리고 있다. 이 비는 진도를 거쳤을 것이다. 팽목항의 수색은 오늘 중단되었을 것이다. 열 명이 남아 있다. 그들을 기다리는 사람들이 팽목항에 남아 있다.

어떻게 지내십니까.

내 경우 4월 16일 이후로 말이 부러지고 있습니다. 말을 하든 문장을 쓰든 마침에 당도하기가 어렵고 특히 술어가 잘 떠오르지 않는다. 문장을 맺어본 것이 오래되었다. 그런 참에 질문을 해보라는 청탁을 받았다. 물을 수 있는 것이 없는데, 라고 생각하면서도 쓰겠다고 대답했다. 질문이든 뭐든 말하고 싶다는 욕망 자체가 사라져버렸고 이대로는 내내 아무것도 쓰지 못할 거라고 생각했기 때문이었다. 그 무력감을 어떻게든 견디고 내가 좋아하는 소설, 문장을 쓰는 생활로 돌아가고 싶다는 이기가 있었다.

질문을 해보자 뭐든.

그렇게 작정했지만 아마도 그것은 아무것도 물을 수 없다는 내용이 될 거라고 생각했다. 나는 우리가 살고 있는 세계에 질문이 부족해 세월이 가라앉았다고는 생각하지 않았다. 우리 이대로 정말 괜찮은 거냐는 질문은 이전부터 꾸준히 있어왔고, 정말은 괜찮지 않다고 말해주는 일들도, 말하자면 조짐들도 꾸준히 있어왔으니까. 모두가 다 알지만 모르는 척을 하고 있고 모르고 싶어 꾸준하게 몰라왔던 일들이 세월이라는 총합으로 벌어진 것이라고 나는 생각하고 있고 세월에 관해 뭔가를 묻는 글이라면 아마도 그런 내용이 될 거라고 생각했다. 그런데 청탁서를 받고 보니 너의 세월을 고백해보라는 청탁이다. 그러면 고백을 해볼까. 어떤 고백이 될까. 사람들이 밉다는 고백이 될까. 참사 직후 세상에 대고 분노를 쏟아내던 사람들을 참으로 뻔뻔하다고 여겼다는 고백이.

나는 아주 이기적인 사람이라서 내가 사랑하는 사람들의 무조건 생환을 바란다.

그들이 죽은 뒤에 내게 남을 세계, 그 황폐함을 견뎌낼 자신이 없어서 내가 좋아하는 사람들에게 맥락도 없이 불쑥, 너는 어떻게든 살아서 돌아와야 한다고 말하곤 한다. 내가 너를 무척 소중하게 여기고 있고 네가 그것을 알고 있으니 만약의 위기가 닥쳤을 때 너는 무조건 살아야 한다는 것을 잊지 말라고 당부한다. 무슨 짓을 해서라도 너는 살아 돌아오라. 말 그대로 무슨 짓을 해서라도 살아서 오라. 그 정도로 이기적이라서 세월과 함께 가라앉은 학생의 마지막 메시지가 사무치는 것이다. 나 좀 구해달라는 메시지가 아니고 미안하다는 메시지라서. 죽음이 분명한 순간에도 그녀는 부모가 남은 평생 자신의 죽음 속에 살 것임을 알았을 것이다. 그게 어떨지를 직감적으로 알았을 것이다. 걱정했을 것이다. 무서웠을 뿐만 아니고 가슴 아팠을 것이다. 이런 가늠은 살아 있기 때문에 가능한 여유인지도 모르겠다. 당사자가 아니므로 이런 것을 가늠해볼 자격이 내게는 없는지도 모르겠다. 그런데 그것을 생각하면 그것을 생각할 수밖에 없다. 끝없이 구겨지고 끝없이 떨어지는 것처럼 속수무책인 채 그것을 생각하는 수밖에 없다.

작년 가을에 제주로 내려가는 세월에서 아름답다고 여겼던 것이 두 가지 있었다.

두 가지 모두 밤의 기억으로 첫번째가 수평선이었다. 배를 타고 남쪽으로 내려가는 길, 밤바다는 과연 막막하고 거대하게 펼쳐져 있었는데 먼 수평선에 고깃배들이 있었다. 육지를 떠나 거기까지 간 배들이 집어등을 눈부시게 밝힌 채로 떠 있었고 남해에 이를 때까지 그게 언제까지고 이어졌다. 그 불빛들이 빛의 점선처럼, 바늘땀처럼 이어져 수평선을 이루고 있었다. 검은 밤에 나는 그 불빛으로 수평선을 구별할 수 있었다. 아름답다고 생각했다. 내륙에서 내가 잠들고 꿈꾸는 사이, 연안은 이런 식으로 매일 밤 확장되었다가 배들이 육지로 돌아오면서 수축되기를 반복하고 있었어…… 숨을 쉬는 것처럼. 무엇보다도 이 압도적인 검은 것 위에 나만 있는 것은 아니라서 저기 누군가 있다는 것을 빛으로 증명하는 그 광경이 내게 아름다웠다. 다만 한 점인 나를 압도하고 침묵하게 하는 그 바다와 그 밤이 마냥 막막하거나 공허하게 여겨지지는 않았으니까. 아주 강렬한 꿈처럼, 언제고 눈을 감으면 꿀 수 있는 선명한 꿈처럼 그것을 기억해두었으므로. 내게 밤바다는 내내 그것일 거라고 생각했다.

그러나 이제 다른 꿈이 있다. 얼굴이 문득 차가워지는 밤, 몸도 마음도 무척 피곤한데 잠은 오지 않고 잠이란…… 어떻게 드는 거지? 라는 물음만 계속되는 밤, 그 배의 비좁은 선실과 복도가 미처 빠져나오지 못한 누군가에게 얼마나 가파른 바닥이며 구멍이었을지를 거듭해 생각하게 되는 밤, 그런 밤에 정신이 멀쩡한 채로 꾸게 되는 꿈이 있는 것이다. 눈을 감으면 물에 잠긴 선창이 보이고 그 속에 누군가 있어 그것을 보지 않으려고 눈을 뜨고 다시 감고 도로 뜨기를 반복하는 형태로 꾸는 꿈, 도무지 꿈이 아니라서, 꿈에서 깨고도 달아나지 못하는 꿈.

언제부터인지 모르게 자주 부끄럽다.

나는 아이는 낳지 않을 작정이니까, 봄엔 벚꽃을 환영하고 여름엔 복숭아를 환영하고 가을엔 사과를 환영하고 겨울엔 옷을 두껍게 입고 봄을 기다리면서 살자, 너무 많은 걸 걱정하지 말고, 소중한 사람들이 집에 돌아오면 반갑고, 그들을 여전히 반길 수 있는 내가 스스로 대견하고, 그렇게 살자, 엉겁결 살게 된 인생, 그 정도로 퍽 만족스럽겠다고 생각하고 있었는데 불시에, 그런 생각을 하며 사는 게 부끄럽게 되었다. 이 부끄러움이 본격적으로 확연해지기 시작한 것이 올해 2월이었다. 어머니와 두 딸이 그들의 고양이를 죽이고 자신들도 죽어버린 방, 그 방의 거주자들에게 아무것도 꿈꾸지 못하게 하는 방, 내가 한참 전에 빠져나왔던 것과 유사한 방, 그것을 봐버린 이후였다. 가책감에 잠을 이룰 수가 없었다. 그 방을 만든 것이 그 방 바깥의 세계이고 그 적극적 망각과 고립의 세계에 내가 있었다. 그러나 나는 다만 나를 비롯해 주변 사람들이 조금 더 행복하기를 바라며 살 뿐인데 어째서 이런 가책감을 느껴야 하나, 어째서 내가 가책을 느끼고 있나. 억울하다고 생각했다. 창피하면서도 억울했다.

팽목항.

그 장소에서 칠십여 일 동안 바다를 향해 밥상을 차리고 그 밥을 먹을 딸이 뭍으로 돌아오기를 기다리던 남자가 있었다. 마침내 그의 딸이 뭍으로 올라왔을 때 사람들은 다행이라며, 그간에 수고가 많았으니 이제 그만 돌아가 쉬라고 말했다.

돌아가다니 어디로.

일상으로.

사람은 언제까지고 슬퍼할 수는 없다. 언제까지고 끔찍한 것을 껴안고 살 수는 없다. 산 사람은 살아야지. 그는 일상으로 돌아와야 한다. 그래야 내가 안심할 수 있지. 잊을 수 있지. 그런 이유로 자 일상이야, 어떤 일상인가, 일상이던 것이 영영 사라져버린 일상, 사라진 것이 있는데도 내내 이어지고 이어지는, 참으로 이상한 일상, 도와달라고 무릎을 꿇고 우는 정치인들이 있는 일상, 그들이 뻔뻔한 의도로 세월을 은폐하고 모욕하는 것을 보고 들어야 하는 일상, 진상을 규명하는 데 당연히 필요한 것들이 마련되지 않는 일상, 거리로 나와야 하는 일상, 거리에서 굶는 아내를 지켜봐야 하는 일상, 정체를 알 수 없는 짐승과 같은 마음으로 초코바, 초코바, 같은 것을 자신들에게 내던지는 사람들이 있는 일상, 산 사람은 살아야 하지 않느냐고 아니 그보다 내가 좀 살아야겠으니 이제는 그만 입을 다물라고 말하는 사람들이 있는 일상, 밤이 돌아올 때마다 그처럼 어두운 배에 갇힌 아이를 건져내지 못했다는 죄책감에 시달려야 하는 일상, 4월 16일 컴컴한 팽목항에서 제발 내 딸을 저 배에서 좀 꺼내달라고 외치던 때의 통증에 습격당하곤 하는 일상, 아무것도 이해할 수 없고 아무것도 달라지는 것이 없어, 거듭, 거듭, 습격당하는 일상.

왜 그런 일상인가.

그의 일상이 왜 그렇게 되었나.

그의 일상을 그렇게 만들어버린 세계란 어떤 세계인가.

그 세계에서 내 처지는 어떤가.

세월은 돌이킬 수 없게 나를 어른으로 만들어버렸다. 나 역시 그 세계에서 발을 뺄 수가 없다는 것을 자각하게 만들어버렸다. 어른들을 향해서, 당신들은 세계를 왜 이렇게 만들어버렸습니까, 라고 묻는 입장이 더는 가능하지 않게 된 것이다.

나는 세월의 선장과 선원들이 승객을 탈출시키라는 명령을 받았다면 그렇게 했을 거라고 생각하고 있다. 세월을 일단 탈출했던 기관사가 윗선과의 연락을 유지하려고 배로 돌아가 핸드폰을 가지고 나왔다는 뉴스를 보고 난 뒤였다. 와중에 승객들이 있는 선실을 그냥 지나쳤다는데, 말을 참 충실하게 따랐구나, 하고 생각했다. 자기들보다 더 크고, 수백 명 승객들의 목숨보다 더 크게 여겨지는 권력, 그들 스스로 더 크다고 여기는 윗선의 명령에 저 사람들은 참으로 충실했구나, 하고 생각했다. 그게 어떤 명령이었는지는 몰라도 승객들을 서둘러 탈출시키라는 명령은 아니었던 것이다. 나중에 승객들을 대피시킬 기회가 있을 줄 알았다는 선원의 진술을 나는 거의 믿지 않는다. 그렇게 빨리 배가 가라앉을 줄은 몰랐다는 진술도 믿지 않는다. 바다의 무서움을 누구보다도 잘 아는 사람들이 배 타는 사람들 아닌가. 그들은 그 순간에 그렇게 하라는 말을 들었을 것이고 그대로 했을 것이다. 명령에 따랐을 것이다. 기울어진 선실에 머물고 있는 수백 명 목숨들에 관한 질문도 없이, 내가 이렇게 해서 정말 괜찮은 걸까, 라는 자문도 없이. 그런데 이것은 왜 이렇게 낯이 익나. 질문 없는 삶, 상상하지 않는 삶, 무감한 삶. 총체적으로 그런 삶에 익숙한 삶, 말하자면 살아가는 데 좀더 편리한 방식으로 살아가는 삶.

이것을 쓰고 있는 오늘은 세월이 가라앉고 백육십 일째가 되는 날이다.

세월의 유가족들은 여전히 거리에 있다. 누군가의 이웃처럼 누군가의 부모처럼 혹은 누군가처럼, 평범하게 돈 벌어 자식 키우고 살던 사람들이 여름 땡볕에 새까맣게 타고 단식으로 여윈 채 거리에서 버티고 있다. 미안하다는 어른들의 고백이 숱하게 이어졌으나 달라지는 것이 없어 7월 15일, 세월에서 살아 돌아온 학생들까지 거리로 나와 안산에서 여의도까지 꼬박 하루를 걸었으나 달라지는 것이 없다. 그리고 8월 7일, 새정치민주연합의 박영선 의원이 수사권과 기소권을 포기하고 느닷없이 특별법에 합의했고 9월 16일, 박근혜 대통령은 대통령에 관한 모욕이 도를 넘었다며 국민들에게 경고를 내렸다. 이 상황은 많은 사람을 피로하게 만들고 있다. 유가족들이 아닌 정치권이 우리를 피로하게 만들고 있다는 점을 분명하게 말해야 한다. 참사 당일에도 이후로도 뭘 어쩌지 못하고 우왕좌왕하거나 명백한 의도로 진상조사를 외면하려는 정치인들 때문에 우리는 피로하다. 이 피로가 그들의 탓인데도 그들은 이것을 적극적으로 이용해 유가족과 특별법을 공중에 띄운 채로 다시 한번의 망각을 기다릴 것이다.

이것을 쓰기 시작하면서 나는 아무것도 물을 것이 없고 아무것도 물을 수 없다고 썼으나 그 문장은 수정되어야 하는 것이다. 세월은 질문 없는 삶들, 무감한 삶들이 결정적으로 일조하고 말았고 여태도 일조하고 있는 참사다. 4월 16일에 일어났던 사건이 아니고 그날 이후 내내 거대한 괴물처럼 마디를 늘려가며 꾸역꾸역 이어지고 있는 참사다. 아무도 이것에서 달아날 수 없다. 자책과 죄책의 차원이 거슬린다면 이렇게라도 말할 수 있다. 우리 중에 누구는 아닐까. 우리 중 누가, 문득 일상이 부러진 채로 거리에서 새까만 투사가 되어 살 일을 예측하고 살까. 세월을 비롯해 쌍용의 노동자들, 용산의 철거민들, 콜트콜텍의 노동자들, 제주 강정은, 밀양은, 고리는 어떤가, 월성은 어떤가. 어제까지 다니던 일자리를 잃고 살던 공간을 잃고 목숨을 잃고 소중한 사람을 잃어 그가 영영 돌아오지 않는다. 영 점 몇 퍼센트의 확률이건 십 몇 퍼센트의 확률이건 개인에게는 언제나 반반의 확률이다. 그 일이 내게 일어나는가, 일어나지 않는가. 아무것도 달라지지 않았으므로 세월의 조건은 이미 다 갖추어져 있다.

아무도 이것에서 달아날 수 없다.

얼마나 쉬운지 모르겠다.

희망이 없다고 말하는 것은. 세상은 원래 이렇게 생겨먹었으니 더는 기대도 하지 않겠다고 말하는 것은. 내가 이미 이 세계를 향한 신뢰를 잃었다고 말하는 것은.

고백을 해보자.

4월 16일 이후로 많은 날들에 나는 세계가 존나 망했다고 말하고 다녔다. 무력해서 단념하고 온갖 것을 다 혐오했다. 그것 역시 당사자가 아닌 사람의 여유라는 것을 나는 7월 24일 서울광장에서 알게 되었다. 세월호가 가라앉고 백 일이 되는 날, 안산에서 서울광장까지 꼬박 하루를 걸어온 유가족을 대표해 한 어머니가 자식에게 보내는 편지를 낭독했다. 그녀는 말했다. 엄마아빠는 이제 울고만 있지는 않을 거고, 싸울 거야.

나는 그것을 듣고 비로소 내 절망을 돌아볼 수 있었다. 얼마나 쉽게 그렇게 했는가. 유가족들의 일상, 매일 습격해오는 고통을 품고 되새겨야 하는 결심, 단식, 행진, 그 비통한 싸움에 비해 세상이 이미 망해버렸다고 말하는 것, 무언가를 믿는 것이 이제는 가능하지 않다고 말하는 것은 얼마나 쉬운가. 그러나 다 같이 망하고 있으므로 질문해도 소용없다고 내가 생각해버린 그 세상에 대고, 유가족들이 있는 힘을 다해 질문을 하고 있었던 것이다. 그 공간, 세월이라는 장소에 모인 사람들을, 말하자면 내가 이미 믿음을 거둬버린 세계의 어느 구석을 믿어보려 하고 있었던 것이다. 그러니 이제 내가 뭘 할까. 응답해야 하지 않을까. 세계와 꼭 같은 정도로 내가 망해버리지 않기 위해서라도, 응답해야 하지 않을까. 이 글의 처음에 신뢰를 잃었다고 나는 썼으나 이제 그 문장 역시 수정되지 않으면 안 되는 것이다.

이것을 쓰고 있는 오늘은 세월호가 가라앉고 백육십일 일째 되는 날이다.

매일 당도하는 소식으로 내상內傷이라는 것을 실감한다. 정치권에도 우리의 일상에도 사람을 상처입히는 몰염치와 파렴치는 만연하고, 그게 별다른 흠이 되지 않는 세상을 우리는 살고 있다. 그러나 조금도 상처입지 않으면서 보답받고 응답받는 신뢰 같은 거, 나는 믿지 않겠다. 조금 더 상처입어도 좋다. 그것을 감내하고 믿어보겠다. 작년 가을, 제주로 내려가는 세월에서 아름답다고 여겼던 것이 두 가지 있었다. 모두 밤의 기억으로, 그 두번째는 선상문화제가 열렸던 밤의 갑판에서 오카리나 공연이 시작된 순간에 있었다. 첫번째 곡으로 〈섬집 아기〉가 연주되기 직전에 모든 조명이 꺼지고 갑작스럽게 나는 완전한 밤 속에 있게 되었다. 머리 위로 아주 작은 달이 떠 있을 뿐이었는데 내 앞에 선 사람의 뒷모습이 보였다. 그 사람의 앞에 선 이의 뒷모습이 보였고 그 앞의 뒷모습도, 그 앞의 뒷모습도 보였다. 갑판에 모여 선 사람들이 달빛을 받고 있었다. 희미한 달빛으로도 충분하게 그들의 윤곽이 있었다. 배가 가는 방향을 바라보고 선 그 뒷모습들이 아름다웠다.

꼭 닮은 것을 7월 24일 서울광장에서 보았다.

안산에서 출발한 세월의 유가족들이 하루를 걸어 서울광장에 당도했을 때 광장에 모여 그들을 기다리던 수만 명의 사람들이 자리에서 일어나 박수를 치기 시작했다. 누가 시킨 것이 아니었다. 이백여 명의 유가족들이 모두 자리를 잡고 앉을 때까지 박수는 끊이지 않았고 적어도 내 눈이 닿는 범위에서는 유가족보다 먼저 자리에 앉는 이가 없었다. 밤의 맨 가장자리에서 그 뒷모습들을 보았다. 팔꿈치가 닿을 듯한 거리에서 저마다의 진심으로 박수를 치던 사람들. 그 뒷모습들이 저 밤바다에서 보았던 수평선과 같았다는 이야기를 하고 싶다. 압도적인 검은 것 위에 세월이 마냥 막막하게 떠 있지 않도록 하는 것. 그 팔꿈치들의 간격이, 그 광경이 무척 아름답다고 생각해버렸다는 것을 마지막으로 고백해야겠다. 그 점점點點한 아름다움을 믿겠다. 그러니 누구든 응답하라.

이내 답신을 달라.

황정은
1976년 서울 출생. 2005년 경향신문 신춘문예에 단편소설 「마더」가 당선되어 등단. 한국일보문학상, 신동엽문학상, 이효석문학상, 2012년, 2013년 젊은작가상, 2014년 젊은작가상 대상 수상. 소설집 『일곱시 삼십이분 코끼리열차』 『파씨의 입문』 『아무도 아닌』, 장편소설 『百의 그림자』 『야만적인 앨리스씨』 『계속해보겠습니다』가 있다.

배명훈

누가 답해야 할까?

컬럼비아호 사고조사 보고서

컬럼비아호 사고조사위원회가 작성한 보고서를 좋아한다. 2003년 우주왕복선 컬럼비아호가 임무를 마치고 지구로 귀환하던 중 날개가 과열되면서 공중 폭발한 사고에 관한 조사결과 보고서다.

우주에서 일어나는 사고는 대체로 끔찍하다. 영화 〈그래비티〉를 통해서도 잘 알려졌겠지만 우주공간에서는 사고를 수습할 자원이 많지 않다. 근본적으로 모든 것이 너무나 희박하기 때문이다. 공기도 없고 사람도 없고 문명도 없고 도구도 없다. 연료도 늘 최소한이다. 지구 중력을 상쇄시키기 위해 마하25의 속도에 도달해야 하기 때문에 우주에 나가 있는 것들은 모두 다 위험하다. 그래서 공부를 하면 할수록 그냥 지구에 있는 게 제일 낫겠다는 생각이 든다. 몇 해 전 모 백화점 고객 행사로 우주여행 상품이 걸린 적이 있었다는

데, 당첨자가 우주여행을 포기하고 전부 상품권으로 받겠다고 했다는 말을 듣고 고개를 끄덕였다. 우주여행은 정말 위험한 놀이다.

컬럼비아호 사고조사 보고서라는 건 그런 끔찍한 환경에서 일어난 가장 참혹한 사고 중 하나에 관한 보고서다. 그런데도 그 책은 재미있다. 사고의 원인이 어디에 있었는지를 밝히기 위해 위원회는 우주왕복선 발사과정 전체를 하나하나 재점검했는데, 그 과정에서 사고가 없었다면 알아내기 힘들었을 재미있는 단면들이 일목요연하게 정리된 형태로 일반에 공개되었다. 부품은 어디에서 생산되고 어떤 경로를 통해 이동해 조립되며, 발사 여부 결정은 어떤 과정을 거쳐 내려지며, 발사 후부터 착륙할 때까지 어떤 직책의 누가 어느 정도의 권한을 가지고 판단을 내리는지 하는, 우주왕복선 운영에 관한 전반적인 지식들이 압축된 형태로 제시되고 있는 셈이다. 이 분야를 공부해볼 생각이 있는 사람이라면 당연히 재미있을 수밖에 없는 소재이긴 하지만 이런 책을 "좋아한다"고 말하는 건 아무래도 꺼림칙한 일이 아닐 수 없다.

"전쟁을 공부하는 게 재미있다"고 말할 때도 비슷한 느낌이 들곤 했다. 올해 100주년을 맞는 제1차세계대전에 관한 이야기들은 공부하면 할수록 재미있는 지점들이 많이 발견되는 소재다. 19세기가 깨지고 20세기가 시작되는 바로 그 균열점. 당시에 살았던 사람들조차도 당황하지 않을 수 없었던 역사의 단면이 밖으로 드러나고 서서히 봉합되면서 우리가 당연하게 여기고 살아가는 현대사회의 중요한 규칙 몇 개가 잉태되는 장면들에는 전쟁의 참혹함과는 별개로 충분히 호기심을 끌 만한 요소가 있다. 대놓고 재미있다고 말하기 어려운 무언가.

4월 초에 소설 한 편을 끝내놓고 그 글을 좀더 객관적으로 볼 수 있을 때까지 거리를 두기 위해 일이라고 할 만한 건 아무것도 하지 않고 며칠을 보냈다. 소설은 적응하기 힘들 만큼 빠르게 변해가는 우리 사회의 단면 같은 걸 담은 내용이었고, 특히나 갑자기 사라져서 영영 돌아오지 않는 도시 경관에 대한 감상이 중요한 포인트여서 "2014년 4월"이라고 시점을 못박아둔 작가의 말을 써놓은 채였다. 책 출간은 아직 한참이나 남았으니 그 글에 담겨 있는 내용들 중 몇 개는 책이 나올 때쯤이 되면 역사의 뒤안길로 사라져 있을지도 모른다는 생각에서였다.

그 며칠 뒤에 세월호 소식이 들려왔다. 전원 구조라는 말을 어디서 전해 듣고는 미세먼지를 조심하라는 이야기를 트위터에 썼던 것 같다. 그리고 그날 그 말도 안 되는 일이 일어났다. 많은 말들이 쏟아진 사건이었지만, 반대로 많은 사람들이 한참 동안이나 입을 닫아버린 사건이기도 했다. 실로 말로 담아내기 어려운 사건이었다.

4월 말에는 썼다 지우고를 몇 번이나 반복한 글을 결국 컴퓨터 밖으로 내보내지 못해서 원고 마감을 코앞에 두고 다른 글을 새로 써서 내보내기도 했다. 그리고 당분간은 그런 시도를 하지 않기로 했다. 다만 조용히 지켜볼 따름이었다. 역시 이 사건은 어떤 식이든 흥미를 가지고 파고들기에는 아직 너무 가까이 머물러 있었다.

다행히 몇몇 훌륭한 언론인들이 당연하지만 누구도 쉽게 실천해내지 못하던 방식으로 자기 역할을 해주었고 그들이 마련해준 숨

구멍을 통해 이 말도 안 되는 사건이 천천히 모습을 드러내기 시작했다. 오로지 진실만이 위안인 나날들을 지나면서 말을 아껴야겠다는 생각이 더 굳어졌다. 그러나 '세월호 이후'에 대한 글을 써달라는 원고청탁을 받는 순간 자원입대하듯 망설이지도 못하고 숙제를 받아들고 말았다.

돌이킬 수 없는 것들

그래도 역시 다루기 조심스러운 주제인 건 변함이 없다. 세월호 이후 이제는 돌이킬 수 없게 된 변화들에 관한 이야기를 어떤 식으로 풀어가야 할까. 일단 떠오르는 건 나중에 상황이 변하면 고칠 생각을 하고 "2014년 4월"이라고 써둔 작가의 말을 이제는 고칠 수가 없게 되었을지도 모른다는 점이다. 2014년 4월 초와 4월 말은 전혀 다른 결을 가진 시간이 되고 말았다.

그래도 나는 여전히 세월호는 징후가 아니라 이미 상당 부분 진행된 어떤 일의 결과물이라고 믿는다. 우리 공동체가 어딘가 이상하게 돌아가고 있다는 신호는 그전에도 있었고, 아마도 최초의 징후는 훨씬 사소한 곳에서 터져나왔을 것이다. 문제제기를 했다가 활동할 무대를 잃어버린 아이돌 가수의 이야기 같은 사소해 보이는 일들, 사회가 그 사건을 다루던 방식, '다른 사람도 다 어려운데 알아서 해결해야지, 얘들은 별것도 아닌데 몇 년째 징징대네' 하고 넘어갔던 수많은 작은 사건들.

그와 동시에 진짜 의미 있는 사건들이 계속해서 일어나고 있었을 것이다. 구체적으로 또 어떤 말도 안 되는 사고가 일어날지는 예측하기 어려웠지만 대형 참사가 연달아 일어나고 있다는 것쯤은 모두가 알 수 있었다. 사고의 규모가 점차 커져갔는데도 점차 무뎌진 감각 때문인지 그 계단이 어떤 문을 향해 나 있는지 생각하기가 귀찮았던 것뿐일지도 모른다. 그렇게 짐작 가능한 일이었을 것이다.

그러나 세월호가 던져준 충격은 그런 예상을 훌쩍 뛰어넘었다. '뭔가 잘못돼 있을 줄은 알았지만 설마 그렇게까지 말도 안 되게 망가져 있었을 줄이야.' 이 나라 민주주의는 이미 저 멀리 떠내려갔고 지금은 그냥 유사민주주의 체제로 접어들었다는 생각까지 했어도 국가의 기본적인 기능조차 수행해내지 못할 정도로 무능해져 있을 줄은 미처 몰랐던 것이다.

그리고 지금, 4월에 썼다가 묻어둔 글을 다시 꺼내본다. 이 사고로 인해 드러난 우리 사회의 단면들에 관한 이야기였다. 논평보다는 지켜보는 일이 더 중요했던 시점에 머릿속에 떠오른 생각들이었다.

세계를 구성하는 요소들 간의 관계는 동역학적인 관계일 때도 있지만 정역학의 관계일 때도 있다. 각자의 속도로 움직이던 물체가 충돌하는 모습을 관찰하는 식의 정세 파악도 유용하겠지만, 가만히 서 있는 건물에서 지붕의 무게를 지탱하는 기둥과 힘을 받지 않은 채 그냥 공간을 나누고 있기만 한 벽의 차이처럼, 아무 일도 일어나지 않는 듯 평화로운 상태에서 작용하는 역학을 이해하는 것도 유용할 때가 있다.

뜻하지 않은 사고는 사회를 이해하는 데 도움이 되기도 한다. 집이 무너지고 나면 사람들은 그 사고를 통해 사고 이전에 그 집이 어떤 방식으로 서 있었는지를 깨닫게 된다. 물론 누군가는 집을 무너뜨리지 않고도 평화롭게 잘 짜여 있는 상태에서의 정역학적 구조를 이해해낼 수 있다. 하지만 그럴 만한 능력을 갖추지 못한 대부분의 사람들에게는 이런 정상상태를 깨보는 편이 이해가 쉽다.

그래서 뭔가 써보려는 마음이 생겨났을 것이다. 아둔한 저자도 상황을 파악하기가 쉬워지고 무엇보다 독자 모두가 공감할 수 있는 근거가 잘 보이는 곳에 놓여 있었으니까.

이야기는 이렇게 이어질 예정이었다. 정치학의 어느 페이지에 나오는 상호의존에 관한 사고실험 이야기다.

무인도에 갇힌 두 사람이 있다. 한 사람은 옷을 만들 줄 알고, 한 사람은 빵을 만들 수 있다. 두 사람의 관계가 평화로울 때 이들은 각자 빵과 옷을 만들어 사이좋게 교환을 한다. 그러면 여기에는 아무런 역학관계가 없을까? 그렇지 않다. 두 사람의 관계가 틀어지는 순간, 그 평화로운 관계를 지탱하던 두 개의 기둥에 묘한 역학관계가 작용하고 있었다는 사실이 드러난다. 옷은 안 입어도 되지만 빵은 안 먹을 수 없다. 빵 만드는 사람이 관계를 깨지나 않을까 옷 만드는 사람이 노심초사하게 되는 관계. 이런 것이 사고가 없는 '평화로운 상태'의 본질이다. 사고실험의 경우에만 그런 건 아니다. 컬럼비아호 사고조사 보고서나, 그보다 앞서 일어난 챌린저호 사고조사 보고서를 실례로 들 수 있을 것이다. 예로 들 만한 사례는 아마 끝이 없을 것이다.

그런데 문제는 그렇게 해서 파악해낸 문제의 정도다. 미국의 경우 우주왕복선 체계를 완전히 재검토하고 낡은 우주왕복선들을 전부 퇴역시킨 다음 차세대 우주선 개발을 지속하는 방식의 수정이 이루어졌다. 하지만 우리의 경우는 다르다. 세월호로 인해 드러난 우리 사회의 문제가 그런 식의 개선으로 해결될 수 있을 만큼 가벼운 것이었던가. 말문이 막힌 건 바로 이 대목에서였다.

플러스펜이 가는 곳

다시 시간을 앞으로 돌려서, 나는 이십대의 3년을 공군에서 행정장교로 보냈다. 정치학이 전공이라, 나이에 어울리지 않는 부담스러운 위치에서 행정실무를 구경한 것도 재산이라면 재산이었는데, 그중 제일 인상적이었던 일화는 검은색 플러스펜에 관한 것이었다.

다른 곳에서도 흔히 있는 일이지만, 공용으로 쓰는 소모품 필기구들은 어디로 갔는지 모르게 사라져버린다. 내가 직접 조달한 건 아니지만, 당시 우리 사무실에서도 대대 전체에서 사용할 플러스펜을 구입하는 일을 했는데, 어느 날 보니 이 플러스펜을 다 써버렸으니 좀더 달라는 요청이 너무 많이 들어오는 게 아닌가. 그 사람들이 전부 그걸로 소설이라도 쓰고 있으면 모를까 이해할 수 없을 정도로 많은 양의 플러스펜이 사라지는 게 신기해서 우리 사무실에서는 어떤가 하고 평소보다 꼼꼼하게 세어봤더니, 아니나 다를까 그 방에서 역시 플러스펜들이 어디론가 증발하기는 마찬가지였던 것이다.

누구 소행일까, 별다른 가설은 세워보지 않았는데, 어느 날 대대

장님이 나를 부르시더니 말씀하셨다. "왜 그런지 모르겠는데 방에 플러스펜이 너무 많아. 좀 가져가." 과연 대대장님 책상 위에 있는 연필꽂이에는 검은 펜들이 다른 필기구는 꽂을 공간이 없을 정도로 잔뜩 들어차 있었다. "사람들이 자꾸 결재받으러 와서 놓고 가. 나한테 돌려달라고 하기 뭐하니까 그냥 놓고 갔겠지."

몇 년 뒤 소설가가 되고 나서 쓴 단편 「초록연필」은 그 일화에서 시작된 이야기였다. 사무실 생태계에서 플러스펜이라는 물고기들이 권력의 해류를 따라 위쪽으로 위쪽으로 흘러간다. 그렇게 계속 흘러가다보면 권력의 정점에 있는 사람의 연필꽂이에는 거의 500년 된 나무줄기만큼 필기구가 꽂혀 있어야 한다. 소설집 『타워』에서는 필기구의 역할을 명절 선물용으로 돌고 도는 양주로 대체하기도 했다. 양주병이 움직이는 경로를 추적하면 권력의 해류를 읽어낼 수 있으리라는 가정이었다. 674층짜리 건물 안에서 그 해류들은 권력장을 형성한다. 개인이 어떤 생각을 갖고 행동하든 그 행동을 권력의 언어로 재해석해버리는 왜곡된 공간이 만들어져버리는 것이다. 발이 달려 있지 않은 플러스펜이 마치 헤엄치듯 권력의 해류를 따라갈 수 있는 건 그런 왜곡현상 때문일 것이다.

그런데 이 가정은, 세월호 이후 우리 사회에는 적용하기가 쉽지 않다. 지금 생각하면, 위쪽으로 갈수록 많은 펜이 꽂혀 있으리라는 가정은 꽤나 이상적인 사회구조에서나 가능한 발상이었을지도 모른다. 다른 건 몰라도 군대의 경우에는 적어도 플러스펜이 주로 활용되는 사소한 일상 업무에 관해서라면 책임소재가 분명히 지휘라인을 따라 위쪽으로 수렴되게 돼 있기 때문이다. 하지만 세월호 사고 직후부터 지금까지 반복되고 있는 권력자들의 메시지는 이 구조를 명시적으로 부정한다.

"청와대는 컨트롤타워가 아니다."

「초록연필」 식으로 풀이하자면 이 말은 대대장님 연필꽂이에 플러스펜이 꽂혀 있지 않았다는 말이다. 그러니 우리 공동체를 설명하는 현실적인 정역학 구조는 이렇게 바뀌어야 하지 않을까. 대대 전체에 뿌려진 플러스펜의 소재를 결국 찾아내지 못한 채 군대를 나와서 다른 곳에서 또다시 다량의 플러스펜들이 종적을 전혀 남기지 않은 채 증발하듯 사라지는 사태를 목격하고는 의아해하는 사람의 이야기로. 주인공은 아마도 이런 절규를 하게 될 것이다.

"그렇다면 그 플러스펜들은 다 어디로 갔단 말인가. 누가 먹기라도 했단 말인가!"

언뜻 보기에는 저렇게 생겨난 사회적 맥락들이 무시해도 좋은 사소한 일들 같지만, 의외로 소설의 전개에는 큰 영향을 미치는 일들이기도 하다. 이런 소설을 쓴다고 생각해보자. 어떤 집단의 음모를 알게 된 주인공이 천신만고 끝에 결정적인 증거를 잡아내서 세상에 공개한다는 구조의 이야기. 그런데 최근 한국사회에서는 이런 이야기 구조가 통하지 않는다. 세상에 공개하는 것으로 모든 것이 해결되는 구조는 진실이 힘을 발휘하는 선진국에서나 통하는 일이지, 한국 같은 왜곡된 공동체에서는 통하지 않을 것이기 때문이다. 이 경우에 소설가는 공개 이후에 이어질 일들을 꽤 많은 분량을 들여서 추가로 구상해야 한다. 안 그랬다가는 "현실적인 맥락을 무시한 소설을 위한 소설" "장르를 위한 장르" "나이브한 세계관" 같은 말들을 듣게 될지도 모른다.

물론 소설가가 느끼는 불편함이 이 문제의 본질은 아니다. 문제는 소설이 비현실적이라고 느끼게 만드는 새로운 상식이 생겨났다는 점이다. 돌이킬 수 없는 변화는 그런 것이 아닐까. 적어도 사람들이 이야기하는 변화는 그런 것들이다. "더이상은 공동체가 우리의 생명과 안전을 보장하지 않는다는 걸 알게 됐다." "이제 각자 살아남는 수밖에 없다는 메시지다."

우리의 정상적이고 평화로운 일상은 사실 그런 모습으로 디자인되어 있었다. 우리의 삶을 지탱하던 정역학은 어느새 그렇게 취약해져 있었다.

저는 잘 모르겠는데요

그리고 이 디자인은 생각보다 더 보편적이고 광범위하게 펼쳐져 있다. 그래서 충격적이다. 세월호 사고가 어쩌면 우리 모두와 관련되어 있을지도 모르고, 심지어 어느 정도는 우리 모두가 공유해야 할 책임이 있을지도 모른다는 느낌은 그 보편성에서 비롯되었을 것이다. 세월호가 드러낸 기괴한 단면은 사실 우리 모두에게 너무나 익숙한 장면들이다.

5월에는 친구 하나가 아파트 카드키를 집안에 놓아둔 채 밤늦게 귀가한 일이 있었다. 늘 카드키를 이용하느라 잘 기억나지 않는 비밀번호를 직접 입력하다가 실수를 하는 바람에 잠금장치가 차단된 상황. 경비실에 가서 어떻게 해야 되는지 물었다. 이런 대답이 돌아왔다. "잘 모르겠는데요." 해결할 방법이 없어서 다른 곳에서 하룻 밤 신세를 지고는 다음날 아침 아파트 관리사무소에 전화를 했다. 그리고 다시 한번 그 말을 들어야 했다.

"잘 모르겠는데요. 이쪽으로 전화해보세요."

그쪽으로 전화를 하자 또 그런 대답이 돌아왔다.

"이쪽 말고 이 번호로 전화해보세요."

사소한 일화지만 우리는 이런 구조의 이야기를 몇 개나 만들어 낼 수 있을까. 하루에는 몇 개나 만들어낼 수 있고, 한 시간에는 몇 개나 떠올릴 수 있을까.

문제는 정상적인 상황이 아니라 사고 상황이다. 매뉴얼에 나와 있지 않은 상황, 특이한 상황에 처한 손님이 특이한 일을 물어왔을 때 경험과 재량이 없는 종업원은 얼마나 책임감 있게 대답을 할 수 있을까. 일반적인 상황에서라면 경험 많은 사람이나 갓 매뉴얼만 익힌 사람이나 똑같이 상황을 유지할 수 있다. 하지만 특수한 상황 이 생겼을 때는 큰 차이가 난다. 진짜 부품과 겉모양만 똑같이 생 긴 부실한 부품은 특수하고 구체적인 상황에서 전혀 다른 성능을 발휘한다.

물론 우리 사회에는 아직도 책임감을 가지고 자기 자리를 굳건 히 지키는 사람들이 많이 있다. 공무원이 책임에 민감하다고들 하 지만 직함에 어울리는 책임감을 가지고 자기 일을 해나가는 사람 은 꽤 여러 군데에서 발견할 수 있다. 다만 그 비중이 줄어드는 것 처럼 보이는 게 문제다. 예전보다 훨씬 그럴듯한 제복을 입고 한껏 뻥튀기된 직함이 찍힌 명함을 갖고 있어도, 실제로 그 사람이 할 수 있는 일은 단지 매뉴얼에 나와 있는 범위뿐인 경우가 갈수록 많아 보이는 게 문제다.

그렇다고 그들에게 문제제기를 할 수 있는 상황도 아니다. 패스트푸드점의 알바생들에게 복잡한 요구를 할 수 있을까. 유니폼을 차려입고 반듯한 자세로 서서 손님들을 접대하고는 있지만 식당과 미래를 함께할 사람들이 아닌, 언제든 대체 가능한 소모품처럼 보이는 점원들에게 진심에서 나오는 감동 서비스를 요구할 수 있을까.

"잘 모르겠는데요"라는 대답은 단순한 변명이 아닐지도 모른다. 그들에게는 진짜로 권한이 없다. 그들은 진짜로 모른다. 그게 우리 사회의 정역학이다. 지붕을 떠받치는 기둥들 중 많은 수가 전혀 하중을 견뎌내지 못하는 가짜 기둥으로 대체되고 있다는 것. 매뉴얼대로 돌아가는 평상시 상황만 처리할 수 있는 부품들로, 비상 상황이나 특수 상황까지 책임져야 하는 부품을 대체시켜버리는 것. 그리고 그 정품들의 성능을 폄하하고 모욕하고 배제해버리는 일.

그것은 대체되고 있는 기둥들의 잘못이 아니다. "관료제의 폐해지" 하고 웃어넘길 수준의 문제도 아니고, 우리 공동체가 어떤 어떤 정책에 실패해서 나타난 결과물도 아니다. 그것은 분명 누군가가 비용절감 등등의 구체적인 목표를 달성하기 위해 주도적으로 노력해서 얻어낸 성공의 결과물이다. 그리고 그는 분명 두둑한 보너스를 챙겼을 것이다. 아니면 초고속 승진을 했거나.

질문에 대답할 사람

받아본 것 중 제일 곤란한 원고청탁에 아무 저항 없이 응해야 했던 건 그런 이유였을지도 모른다. 정답을 내놓으라는 게 아니라 이 상황에서 우리는 과연 어떤 질문을 던져야 할지에 대한 의견을 듣고자 한다는 기획의 말. 그 말의 의도와 상관없이, 다시 질문을 던져달라는 말에 저 위의 말이 떠올랐다. "저는 잘 모르겠는데요. 저는 그 질문에 대답하기에 적당한 사람이 아닌데요"(물론 기획자들이 이걸 염두에 두고 있었을 리는 없다).

세상은 신의 노여움을 잠재울 의인 열 명이 없어서 멸망하는 게 아닐 것이다. 세상은 분명 질문에 대답해야 할 위치에 있는 사람들이 질문하는 사람 자리로 슬쩍 바꿔 앉는 순간에 붕괴될 것이다.

일상이 붕괴되고, 매뉴얼에 나와 있지 않은 구체적인 상황이 현실에 균열을 일으킨다. 그 균열은 질문이 되어 가장 가까이에 있는 누군가에게로 날아간다. "어떻게 해야 하나요?" 모르겠다는 대답이 나올 수도 있다. 그게 문제는 아니다. 다만 질문의 플러스펜이 책임의 해류를 따라 다음 칸으로 거슬러올라갈 뿐이다. 거기에서도 또 모르겠다는 대답이 나올 수도 있다. 그래도 좋다. 플러스펜은 보기보다 헤엄을 잘 치니까. 그렇게 한 칸, 또 한 칸. 균열이 커져가고 붕괴된 세상의 파편이 발밑까지 또르륵 굴러온다. 이제 조금은 위협을 느낄 만한 순간. 플러스펜이 열 개쯤 꽂혀 있는 연필통, 그 책상 앞에 앉은 사람. 그에게 묻는다. "어떻게 할까요?"

그 순간 세상을 구원할 사람은 누구일까? 한번 더 질문을 던질 사람일까, 질문에 대답할 누군가일까. 정답을 못 찾을 수도 있고 자신감 있는 태도로 고객을 안심시키지 못할 수도 있다. 그러나 대답을 열심히 찾고 있는 누군가, 그리고 조금은 유능한 누군가가 그 책상 앞에 앉아 있다면 그래도 마음이 놓이지 않을까. '관료제의 병폐'라며 혀를 끌끌 차고 돌아설 수 있는 수준이란 딱 그 정도에서 문제가 해결된 경우가 아닐까. 지금 우리 공동체가 처한 상황은 그 수준도 부러워해야 할 정도가 아닌가.

사고 후 첫 선거가 다가오자, 십만 개의 플러스펜을 가진 사람들이 거리에서 일인시위를 흉내내며 이런 말을 하곤 했다.

"도와주세요. 펜 좀 빌려주세요."

우리는 이 상황을 걱정해야 한다.

각자 알아서 살아남기

하지만 질문에 대답할 사람 하나를 만들어내는 게 그렇게 쉬운 일일까. 책임 같은 거 없는데도 박봉에 자기 일을 기대 이상으로 해내는 사람을 프로페셔널하다고 말하는 경우도 있지만 그게 과연 진짜 프로페셔널이기는 한가. 그보다 우리 공동체가 그런 재능기부식 사명감만 가지고도 유지될 수 있을 만큼 작았던가.

그래서 이 문제의 해법은 개인의 다짐이 아니라 사회의 변화에서 찾아야 한다고 생각한다. 거대담론에 함몰된 개개인의 이야기가 안타깝다고는 해도, 거대담론을 언급하지 않는다고 구조가 개개인의 일상을 파괴하는 일이 저절로 중단되는 건 아니니까. 그래도 이 지

114

면에서 나에게 주어진 질문이 개인 차원에서의 태도 변화에 관한 것이니 그 부분에 초점을 맞추자면, 내가 느끼는 충동은 이런 것이다. 이러니저러니 해도 일단은 좀더 성능 좋은 부품이 되어야겠다는 것.

현대사회의 톱니바퀴가 되어 정해진 궤도만 도는 삶이 처참한 삶이라는 건 잘 알려진 사실이지만, 그 톱니바퀴마저 성능이 떨어지는 부실한 부품이었다는 사실을 깨닫는 건 또다른 방식으로 충격적인 일이다. 그런 부실한 부품이 이미 너무 많아져 있고, 앞으로도 더 많아질 거라는 사실 때문에.

친구 J가 했던 고민이 떠오른다. 누구에게도 지지 않을 만큼 똑똑한데다 공부하는 걸 좋아하기까지 하는 J가 로스쿨에 들어갔다. 변호사가 되기 위해서였다. 이후의 삶을 통해 스스로 증명하고 있지만, 변호사가 되어 출세하기 위해서가 아니라 사회에 기여하려는 자신의 꿈을 이루는 데 변호사 자격증이 대단히 유용하기 때문이라고 했다. 그러던 어느 날 시험기간에 J는 시험 스트레스에 관해 이야기했다. 의아한 일이었다. 시험 스트레스 따위가 문제가 될 사람이 아니었으니까.

역설적인 이야기지만, 문제는 그가 경쟁을 너무 잘한다는 것이었다. 누군가가 잘하면 다른 누군가가 낙오해야 하는 경쟁체제 속에서, 누구보다 경쟁을 잘할 자신이 있지만 그렇게 살지 않기로 결심한 사람의 입지는 이상한 방식으로 흔들린다. 경쟁을 하겠다고 마음만 먹으면 누구보다 잘 적응할 수 있는 경쟁기계. 그런데 그는 경쟁이 싫다.

세상은 그렇게 역설적이다. 경쟁을 더 잘할 것 같은 사람들이 "이
제 경쟁 좀 덜해도 되는 사회로 바꿉시다!" 하고 외치고, 진짜 경쟁
에 돌입하면 금세 나가떨어질 것 같은 사람들이 "이 빨갱이들이 무
슨 소리야, 자유경쟁이 최고지!" 하면서 그들을 매도하기도 한다.
"너는 살 만하니까 그런 소리를 하지, 나는 당장 이거라도 해야겠
다"는 질타를 몇 차례 듣다보면 공동체의 이익을 위해 공공재를 제
공하겠다는 각오가 금세 무색해져버리기도 한다.

각자 알아서 살아남으라는 신호는 여기에서도 발견된다. 그러니
까 세월호 이전에도 있었던 징후라는 의미이다.

"그런 거 신경쓰지 말고 당신 할 일이나 잘하세요."

구체적인 상황에서 맞닥뜨려보면 이 말은 꽤 충격적이어서 정말
로 그래야겠다는 충동을 불러일으킨다. 공동체를 위한다는 건 그렇
게 어렵고 복잡한 일이다. 그래도 누군가는 묵묵히 그 일을 해낸다.
늘 고뇌하면서 공동체의 이익을 위해 발언을 하고 자기 직함에 어
울리는 성능을 발휘하기 위해 체력을 고갈시켜가며 최선을 다한다.

그런 일을 하는 사람들의 고민을 들을 때면 나는 그러지 말라고
충고하는 편이다. 각자 살아남는 게 우선이라고. 일단은 그게 더 중
요하다고. 세월호 이후에도 마찬가지일 것이다. 누가 대신 그의 삶
을 책임져주지 않으니 일단은 오래 버티는 게 중요할 게 아닌가. 그
래도 그들이 존경스러워 보이는 건 사실이다. 절대 어리석어 보이지
는 않는다는 말이다. 그러지 말라고 말을 하기는 하지만, 그가 정말
로 눈을 반짝이며 의지를 불태운다면 태도를 바꿔서 그건 정말 훌

량한 일이라고 말해줄 준비 정도는 되어 있다.

우리는 그렇게 버텨내고 있다. '버텨내기'에 대해서만 그들의 도움을 받고 있는 게 아니다. 그들은 '우리'라는 말 자체를 지탱하고 있다. 그들이 없으면 내가 이 글에서 '우리 공동체'라는 말을 쓰는 것조차 이상한 일이 될 것이다.

그런데 그런 사람들이 점점 줄어들고 있다. 존경받지 못하고 침묵을 강요받고 있다. 그렇게 '우리'가 사라져간다.

우리를 구할 사람

1967년에 맺어진 우주조약의 한 구절을 좋아한다. "우주에서 사고가 발생할 경우 모든 당사국은 국적에 관계없이 조난당한 우주인을 인류의 사절로 간주하고astronauts shall be regarded as the envoys of mankind 구조를 위한 모든 조치를 취할 것." 우리나라도 가입한 조약이지만 현실적으로는 당시 가장 치열하게 대립하고 있던 적국인 미국과 소련 사이에서나 생각해볼 수 있을 법한 상황이다. 실제로 저 말이 얼마나 지켜졌을지는 모르지만 나는 저 말에 담긴 인간애를 사랑한다.

관할구역이 적용되지 않는 공간. 누구나 자기 손에 든 플러스펜으로 중요한 문서에 직접 사인을 해야 하는 순간.

하지만 그전에 우리는 이 질문에 답을 해야 한다.

"누가 질문에 답해야 할까?"

그런 다음에야 우리는 이런 희망을 품어볼 수 있을 것이다. 우리가 당신을 구하러 갈 수 있기를. 늦지 않은 때에 우리가 우리를 구출해내기를.

그리고 저 질문에 대해 소설가는 어떤 쓸모가 있을지 생각해본다. 누구나 생각할 수 있는 말을 길게 늘여 쓰는 것 말고 또 어떤 효용을 기대할 수 있을까. 그래도 어딘가에는 답이 있을 것이다. 적어도 이 직업에는 플러스펜 하나가 눈앞을 지나갈 때 손을 뻗어 그걸 쥘 수 있는 힘 같은 게 잠재해 있는 건 아닐까 기대해본다.

배명훈
2005년 과학기술창작문예공모에 단편소설이 당선되어 등단. 2010년 젊은작가상 수상. 연작소설집 『타워』 『총통각하』, 소설집 『안녕, 인공존재』 『예술과 중력가속도』, 중편소설 『청혼』 『가마틀 스타일』, 장편소설 『신의 궤도』 『은닉』 『맛집 폭격』 『첫숨』, 동화 『끼익끼익의 아주 중대한 임무』가 있다.

황종연

국가재난시대의 민주적 상상력

한국인 모두가 세월호 침몰사고의 충격에 빠져 있던 5월 첫째 주 KBS에서는 〈당신이 대한민국입니다〉라는 연중캠페인 방송의 하나로, 그 사고로 인해 복구가 불가능한 상실을 당한 같은 나라 사람들에게 연민과 동정을 느끼고 있는 한국인들의 영상을 내보냈다. 실종자 또는 사망자 가족의 애끓는 마음을 환기하는, 바다를 배경으로 하는 몇몇 남녀의 사진으로 시작하는 그 영상물은 남녀노소 불문하고 함께 조문하고 같이 슬퍼하는 사람들을 보여주고, 이어 진도 앞바다에서 수색과 구조작업을 벌이고 있는 남자들과 그들을 도와 구호활동에 열심인 여자들에게로 이동한다. 구조작업 현장에서 봉사중인 중년 남녀의 인정 많은 발언을 들려주는 대목에 이르면 한국인 모두가 아이를 잃은 부모와 한마음이라는 메시지가 발신된다. 그렇게 공동체의 가상이 평이하게 제시되는 약 이 분 이십 초 내내 그 배경에는 임형주가 부르는 〈천 개의 바람이 되어〉가 계속해서 흐른다. 죽은 사람의 영혼이 그의 죽음을 애도하는 사람들에게 고하는 방식으로, 자신이 사멸하지 않았음을, 오히려 자유로운 존재가 되었음을 선언하는 노래이다. 가사 중에는 "나는 천 개의 바람, 천 개의 바람이 되었죠. 저 넓은 하늘 위를 자유롭게 날고 있죠"라는 어구가 반복된다. 바장조, 4/4 박자, 대략 안단테 템포의 그 가곡풍 노래는 협화음 위주의 전형적인 장조 멜로디 구조로 되어 있어서 모종의 순진성을 환기한다. 임형주는 그의 몰성沒性적인 미성을 이용해서 마치 어린아이의 무구한 영혼이 발성하듯 노래한다. 그러나 이 노래가 세월호에 탑승했던 십대 학생들의 죽음과 어떤 관계가 있는지 너무 불분명해서 당혹스러울 지경이다. 육신을 떠나 자유를 얻은 영혼이라는 관념이 그 학생들의 영혼에 조금이라도 위무가 되리라고 믿는다면, 그리고 그 학생들의 가족과 친구들의 고통을 조금이라도 완화해주리라고 믿는다면 사태의 본질에 대해 무심해도 너무 무심하다는 비난을 면하기 어렵다. 그들의 죽음은 그렇게 상투적인 위령慰靈의 제스처를 용납하지 않는, 살아 있는 사람들이 스스로를 철저하게 심문하고 처벌하도록 요구하는 부류인 것이다.

〈천 개의 바람이 되어〉라는 노래는 많은 사람이 알고 있는 대로 원래 일본산이다. 아라이 만이라는 작곡가가 아내와 사별한 그의 친구의 마음을 달래려고 2001년에 만들어 처음에는 그 친구와 일부 지인들에게만 알려졌으나 점차 많은 청취자를 가지게 되었고, 2005년 다카라즈카 가극단에서 한신대진재 10주년을 맞아 개최한 자선음악회 곡목 중 하나로 채택되기도 했다. 그러다가 2006년

12월에 테너 아키카와 마사후미가 NHK의 유명한 남녀 가수경연 프로그램에 나가 열창한 이후 폭발적 인기를 얻어 2007년에 클래식 악곡으로는 최초로 오리콘 싱글 차트 수위를 차지했다. 이 곡은 현재 일본인이 가장 좋아하는 '우타'의 하나로 자리를 잡아 일본의 저명한 성악가들은 물론 일본 시장에 진출한 세계 대중음악 스타들도 즐겨 연주하고 있다. 그런데 이 곡의 가사는 「내 무덤가에 서서 울지 말아요Do Not Stand at My Grave and Weep」라는 영시의 번역이다. '천 개의 바람이 되어'라는 제목은 시의 제3행 "나는 무수히 부는 바람I am a thousand winds that blow"에서 왔다. 저자가 누구인지 확인되지 않은 채로 추도용으로 애용되곤 했던 이 시는 1995년 북아일랜드 폭탄 테러로 아들을 잃은 아버지가 BBC라디오에 출연해서 아들을 추모하며 낭독해서 유명해졌고, 2001년 9·11 테러사건으로 아버지를 잃은 11세 소녀가 1년 후의 추도식에 나와 읽어다시 화제가 되었다. 메리 엘리자베스 프라이라는 미국인 여성이 1930년대 초반에 이 시를 지었다는 속설은 이 시의 인기가 한창이던 1990년 후반에 사실로 확증되었다. 평소 시를 좋아했으나 짓지는 않았다는 그 여성은 유대계 독일인 여자 친구로부터 애통한 말을 듣고 영감을 얻어 그 시를 썼다고 알려져 있다. 그 친구는 독일의 고향에 남아 있던 어머니가 별세했다는 소식을 들었으나 반유대주의 때문에 어머니의 무덤에 가서 울지도 못한다며 자기 처지를 슬퍼했다고 한다.

「내 무덤가에 서서 울지 말아요」는 4보격 강약 리듬과 각운을 갖춘 (현재 가장 널리 유통되고 있는 버전으로는) 12행의 정형시로 구성이 단순하고 어조가 범박하다. 그리고 인종적, 국민적 소속과 같은 세속적 삶의 제약 일체로부터 해방되기를 희구하는 사람의 마음에, 또한 사시四時와 밤낮의 자연에 숨겨진 작은 경이에 감동할 줄 아는 사람의 마음에 소박하게 호소한다. 시의 화자인 영혼은 자신이 죽지 않았으며 "무수히 부는 바람"으로, 이밖에도 "눈 위의 다이아몬드 빛" "무르익은 곡식 위의 햇빛" "가을의 부드러운 빗줄기" 등과 같은 불멸하는 자연의 아름다운 현상으로 화했음을 이야기한다. 이 변신하는 영혼은 지상의 거처 없는 유랑이 아니라 구원된 존재의 자유를 나타낸다. 하지만 이 구원의 비전은 〈천 개의 바람이 되어〉를 배경음악으로 제작된 그 KBS 캠페인 프로그램에서 좀처럼 보이지 않는다. 그것은 한국인의 세속적인 집합적 자아에 대한 프로그램 제작자측의 확신에 가려져 있다. 애도와 구조의 대열을 이룬 많은 남녀의 모습을 비추며 조난자와 그 가족을 마치 한가족처럼 돕고 있는 한국인 집단 이미지를 제시한 그 프로그램은 최종적으로 동정과 협력이 한국인의 국민적 동일성임을 믿도록, 나아가 그 동일성에 따라 자신을 정의하고 자긍自矜하도록 시청자를 유인한다. 한마음 한국인 이미지의 시퀀스 이후 화면에는 장중한 선언의 템포로 분절된 한 줄의 문장이 뜬다. "아픔을 함께하는 당신, 당신이 대한민국입니다." 이 국민의식 고취를 위한 호명은 모든 노골적인 이데올로기적 공작이 그렇듯이 혐오스럽다. 세월호 참사 이후 한국인이라는 존재가 추악한 인류학적 사실이 돼버린 상황에서는 더욱 그렇다.

세월호 침몰은 1980년 광주 학살 이후 최악이라고 해도 과언이 아닐 만큼 우리 모두에게 충격적이지만 정신적으로 건강한 사람이라면 어느 누구도 한국에서 일어나기 어려운 일이 일어났다고 생각하지는 않을 것이다. 운항중 전복사고가 나자 승객을 대피시키려는 노력은 전혀 하지 않고 먼저 탈출해서 삼백여 명의 승객이 수장되게 만든 세월호 선장과 그 부하 선원들의 악행은 별로 희한하지 않다. 2003년 2월 대구 지하철 중앙로역에서 열차에 타고 있던 한 남자 승객의 방화로 화재가 일어났을 당시 마침 반대편 노선으로 중앙로역에 도착한 다른 열차의 기관사는 승객의 안전을 위한 어떤 조치도 취하지 않은 채 열차 기관을 통제하는 마스터키를 뽑고 혼자서 피신했고, 그 바람에 그 열차에서는 당초 화재가 발생한 열차에서보다 더 많은 사람이 목숨을 잃었다. 그런가 하면 1999년 6월 경기도 화성군 씨랜드 청소년수련원에 사십여 명의 유치원생들을 데려간 유치원 교사들은 조립식 컨테이너에 불과했던 수련원 건물에 화재가 나자 그들의 방과 다른 방에서 합숙중인 원생들을 그대로 놔두고 대피해서 결국 원생의 반 가까이가 목숨을 잃었다. 그러나 한국에서 발생한 대형 인재人災치고 단지 근무자의 개인적 과오에만 원인이 있는 재난은 드문 편이다. 세월호 참사는 한국에서 일어난 인재의 전형인, 비리로 인한 인재이다. 세월호 소유 회사인 청해진해운은 20여 년 고령의 일본제 선박을 사들여 보다 많은 여객 탑승과 화물 적재를 위해 운항의 안전성을 해치기 쉬운 수리를 서슴지 않았으며 경비 절감을 위해 자질과 훈련이 부족한 사람들을 선원으로 고용해서 회사 수익을 높이는 갖가지 편법적 운항에 동원했다. 정부를 대행해서 선박 안전에 대한 검사 업무를 맡고 있는 한국선급은 무리한 증축에도 불구하고 세월호가 영업에 쓰이도록 허가했고, 연안 해상에서의 인명 및 재산에 대한 보호 의무를 공유하고 있는 한국선급 이외의 기관들—한국해운조합, 해양경찰, 해양수산부 중 어디에서도 세월호의 위법 운항에 경고나 제재를 가한 적이 없다. 더욱이 청해진해운이 전두환 정권과의 유착을 통해 사업에 성공한 재력가 유병언의 소유라는 사실이 알려지고, 연안여객운송사업이 정부 관료와 민간 사업가가 공고하게 결탁해서 특권과 이익을 점유하는 가히 조직화한 범죄의 구조를 가지고 있다는 의혹이 커지면서 세월호 침몰은 탐욕과 비리의 합작이 낳은 극히 한국적인 재난이라는 심증 또한 굳어지고 있다.

그러나 세월호가 침몰된 이후 우리가 충격을 받은 것은 선장과 선원의 파렴치한 직무 유기, 청해진해운의 위법적 이윤 추구, 해양수산부를 비롯한 유관 관민기관의 흑막 때문만은 아니다. 그에 못지않게, 아니 그 이상으로, 사고 발생 이후 인명 구조에 책임이 있는 정부기관과 그 인사들의 어이없는 작태 때문이다. 보도에 따르면 해양경찰은 세월호 전복 초기 시점에 신속하고 적절하게 대처하지 못했다. 해양경찰청 산하 진도 해상교통관제센터의 레이더 화면에는 그 관할 해역에서 운항중이던 세월호의 이상 징후가 삼십 초 이상 나타났지만 그것에 주의한 직원은 없었다. 세월호 선원이 착오를 범해 제주 관제센터로 보낸 조난신고는 십 분가량 지나서야 진도 관제센터에 접수되었으며, 진도 관제센터에서는 세월호와 교신한 삼십 분 중 어느 순간 배가 심하게 기울어 승객의 생명이 위태로움을 인지했음에도 선장에게 퇴선 명령을 내리도록 지시하지 않았다. 또한 탑승 가능 인원 오백여 명의 대형 여객선 세월호의 조난 현장에 출동한 해경 경비정은 단 한 척이었고, 구조작업이 진행된 약 사십오 분 내내 승객의 대다수가 남아 있던 선내로의 진입은 이뤄지지 않았다. 해군이 원조에 나선 증거는 세월호가 완전히 침몰할 때까지 사고 해역 어디에서도 보이지 않았다. 정부 차원의 대처 또한 무능과 안일의 극치였다. 사고 수습을 위한 비상지휘기구로, 안전행정부 장관을 수장으로 발족된 중앙재난안전대책본부에서는 효과적인 구난체제를 수립하기는커녕 생존자 수조차 제대로 파악하지 못했고, 정부의 유관 부처가 저마다 대책본부를 세우는 혼란 끝에 수립된 범정부사고대책본부에서는 국가의 모든 자원을 동원한 수색과 구조를 계획하는 대신에 언딘이라는 민간 해양구난업체에 독점적 영업권을 부여한 해경의 논란 많은 결정을 지지했다. 정부 고위관료들의 행태는 그들이 신임하기 어려운 집단이라는 의심을 확고히 해주었다. 국가와 국민의 안전에 대한 최고책임부서인 안전행정부 장관 강병규는 세월호 침몰사고 발생 직후에 경찰학교 행사에 참석해서 의전儀典의 재미를 보고 있었고, 국장 송영철은 사고 현장에 차려진 상황 본부의 사망자 명단 앞에서 기념사진을 찍으려고 했다. 일부 언론에서 보도한 바와 같이 우리 국민이 세월호 참사 이후 세대를 불문하고 한국이라는 국가에 대해 절망할 대로 절망했다면 그것은 지극히 온당한 반응이 아닐 수 없다.

세월호 침몰로 인한 사망자에 대한 애도의 물결이 전국 각지는 물론 해외에서까지 일고 있는 한편, 사고의 전말을 정확하게 규명하라는 요구가 치솟고 있다. 5월 중순 현재 검경합동수사본부는 청해진해운에 대한 조사를 마치고 세월호 승무원을 비롯한 책임자들을 기소할 방침을 세웠고, 검찰은 유병언과 그 일가의 비리를 입증하기 위한 수사를 진행중이다. 세월호 참사에 대한 책임을 그 선박 운영에 관계한 회사 직원들과 그 회사의 사주에게 묻는 것은 당연하다. 하지만 그 참사의 원인이 단지 한 개의 해운업체에 있다고는 누구도 생각하지 않을 것이다. 그 업체의 비리와 악덕은 한국사회 전반에 만연한 사리사욕주의의 한 표현에 불과하며 그 타락한 도덕적 풍조의 근원은 대한민국이라는 국가에 있다. 박정희 이후 역대 정부는 일 인당 국민총생산이라는 경제성장 패러다임을 고수하며, 사리사욕에 광분한 기업가들에게 엄청난 특혜를 주었고 심지어는 그들을 국가 영웅으로 만들기를 주저치 않았으며, 생산과 소비의 모든 영역이 기업의 이윤을 위한 시장체제로 편제되도록 압박했고, 사회의 모든 조직으로부터 자율성을 박탈하고 기업경영원리를 강제했다. 특히 역대 정부는 국가 주도 경제개발전략을 견지함으로써 국가의 권위를 이용하여 자기 특권을 강화하고 자기 이익을 증대시키기 위한 모략과 담합의 관행을 정치인 집단, 관료 집단, 기업가 집단 모두에 조장하고 결국 국가를 비리의 온상으로 만드는 데에 결정적으로 기여했다. 21세기 국가의 특징 중 하나는 국가를 품고 있는 사회에 대한 국가의 적응이다. 정치 공동체의 통치는 이제 국가와 그 행위자의 독점적 업무가 아니라 (여러 가지 층위의) 국가 행위자와 (국가 아래 층위 및 국가 너머 층위의) 그 사회적 파트너 사이의 협상의 문제이다. 이른바 협치協治, governance라고 불리는 새로운 형식의 통치가 이것을 말한다. 그러나 한국의 경우, 협치의 성장은 한국사회가 발전을 지속한 결과 복합적이 되어서 단일한 중앙집권적 권위로는 관리하기 어렵게 되었다는 증거에 그치지는 않는다. 역대 개발주의 정권이 온존시킨 정경유착의 구조가 고정화되고 악질화되는 단계에 이르렀다는 신호이기도 하다. 세월호 사건을 계기로 드러난 해운업계, 해양경찰, 해양수산부 사이의 수상한 관계는 어쩌면 야합적 협치의 예시일지 모른다.

많은 사람이 국민의 생명을 구할 능력도 성의도 없는 정부에 실로 경악을 금치 못했다. 정계 일각과 언론 일부에서는 박근혜 대통령의 책임을 물어 퇴진을 요구하기 시작했다. 그러나 정부 수반만 바뀌면 세월호 참사와 같은 재난이 재발하지 않으리라고 믿기는 어렵다. 우리는 특정 정권의 정당성에 대해 의심하는 수준 이상으로 국가라는 통치 형식의 정당성에 대해 의심해야 한다. 국가는 과연 민주정치의 요구를 충족시키기에 적합한 형식인가. 국가의 권위는 과연 아무 특권 없는 사람들의 공생과 양립이 가능한가. 국가는 과연 다른 모든 유형의 공동체보다 높은 충성을 요구할 자격이 있는가. 우리 사회는 물질적 자원의 태반을 국가가 통제하는 상태 속에 오랜 기간 머물렀던 까닭에 국가의 권위에 순응하는 방식으로 제도와 관행을 만들었으며 국가 이데올로기에 의존하여 사회의 열망과 이상을 정의하는 습성을 길렀다. 그러나 사람들의 상호의존과 혜택 체제의 구축이라는 이상이 국가에 의해 실현되리라는 기대는 한국이 개발주의 노선으로 매진하여 자본주의 세계

체제의 반주변부에 진입한 이후 착각임이 드러났다. 국가는 오히려 한국사회의 모든 영역에 우승열패의 구조를 확립하고 한국인의 일상생활 속에 재난의 인자를 산포한 주역이었다. 국가는 상부相扶와 호혜互惠의 이상에 역행했다. 그러고 보면 세월호 사고 피해자 가족이 머물고 있는 체육관에서 혼자 라면을 먹은 서남수 교육부 장관의 행위는 다분히 계시적이다. 음식은 사람의 생물적 필요를 충족시키기 위한 수단일 뿐만 아니라 사람 사이의 사교를 돈독히 하는 수단이다. 어느 사회에서나 음식 공유는 친근한 사이를 만드는 방법이며, 음식 공유 거부는 그와 반대로 격절과 적대의 뚜렷한 표지다. 사람들이 공통의 테이블을 둘러싸고 함께하는 식사는 인종, 계급, 젠더, 노소 구별을 가로질러 그들 사이에 우호 관계를 만들어준다. 그리고 그 관계는 그들 사이에 평등주의적 유대를 가능하게 해주는 토대가 된다. 겸상兼床이라는 한국어는 함께하는 식사에 함축된, 거리를 해소하고 서열을 철폐하는 인간관계의 수평적 조정을 분명하게 표시한다. 피해자 가족이 신음하고 오열하고 기도하는 장소에서 서남수 장관이 외따로이 테이블을 차지하고 라면을 먹은 행위가 환기하는 것은 바로 그러한 공유와 평등의 윤리에 전혀 괘념치 않는 뻔뻔함이다. 그것은 국가의 뻔뻔함이라고 해도 좋다.

사람들의 공존being-togetherness은 정치라는 행위를 발생시킨 원인인 동시에 정치의 목적을 규정하는 이익과 가치의 척도이다. 정치 철학의 상식은 사람이 속한 친족과 계급의 차이에도 불구하고 사람 모두의 공존이 가능한 조건을 창출하기 위한 노력에 정치 본연의 의의가 있다는 인식에서 출발한다. 고대 중국에서 군주는 그 자신이나 자신의 친족을 위해서가 아니라 그가 관여하는 사회적 권역 내의 모든 사람을 위해서 통치해야 한다고 생각되었다. 천하위공天下爲公이라는 말로 표현된 그 통치가 목표로 하는 바는, 그 말이 기록된 『예기』의 「예운禮運」 편에 나와 있듯이, 인간 사회의 대동大同 실현, 즉 보편적 공동성의 실현이었다. 고대 그리스인은 정치를 조직화하는 인간 능력은 가정을 중심으로 하는 자연적 연합과 차이가 있을 뿐만 아니라 심지어는 그 연합에 대해 대립을 이룬다고 보았다. 아리스토텔레스가 말한 정치적 삶은 가정생활의 경제적 필연에 속박되지 않고, 그 필연에서 해방되려는 욕망이 초래하는 폭력에 의존하지 않고, 세상 속의 자유를 추구하는 행위를 뜻했다. 공公 영역의 대세는 옛날이나 지금이나 국가다. 그러나 공과 사는 별개의 사회적 영역으로 고정되어 있지 않으며 그 양자의 구별을 둘러싼 쟁론과 타협이야말로 실은 정치의 업무이다. 현대 정치는 그 주요 과제 중에 공의 영역을 정치적, 경제적 특권 계급의 독단으로부터 해방시키려는 노력, 그 특권 계급의 사리사욕으로부터 공공의 자원을 보호하려는 노력을 포함하고 있다. 현대 민주정치의 핵심은 인민대중 공통의 필요와 열망에 근거하여 공공성을 정의하고 구현하는 작업이라고 말할 수 있다. 공공의 삶에 관한 현대의 인식을 크게 진전시킨 한나 아렌트는 대중민주주의가 공의 고전적 이상에 부합하기는커녕 오히려 배치된다고 생각했다. 그러나 공 영역이 인공적 사물의 세계라는 정당한 주장을 펼친 『인간의 조건』 중의 한 단락에서 그녀는 그 세계가 민주적이고 유동적인 공통성이 출현하는 장소라는 것을, 흥미롭게도, 테이블의 비유를 들어 밝혔다. "세계에서 함께 산다는 것은, 본질적 측면에서 보면, 테이블이 그 둘레에 앉는 사람들 사이에 놓이듯이, 사물의 세계가 그 세계를 공유하는 사람들 사이에 존재한다는 것을 의미한다. 모든 사이in-between가 그렇듯이 그 세계는 사람들을 연계시키는 동시에 분리시킨다."

사람들 사이에 있는 테이블 중에서 사람들의 공동성 창출과 보육에 유용한 것은 무엇보다도 식사용 테이블이다. 앞에서도 말했듯이 다수의 사람이 한 테이블에 둘러앉아 하는 식사는 그들의 사회적 거리를 축소시키고 서열을 거슬러서 그들 사이에 우정과 신뢰를 길러준다. 함께하는 식사는 생물적, 사회적 필요에 응하는 일상적, 실리적 토대 위에서 어떤 경직된 동일성을 강제하지 않고도 사람들에게 공동 소속의 느낌을 육성한다. 누군가 주장했듯이 합석회식合席會食, commensality은 공유협생共有協生, commoning과 통한다. 아렌트에게는 미안한 말이지만 인간 공통의 비근한 필요를 충족시키는 공통의 행위로부터 민주적 공동성을 위한 정치적 상상이 성장한다. 이것은 농촌 공동체의 문화적 잔여를 가지고 있는 한국사회의 일각에서는 조금도 기발한 생각이 아니다. 현대 한국 작가들이 하류계급의 사실적 재현에 관심을 가지고 지은 작품에서는 그 계급에 존재하는 회식-공생의 도덕에 대한 관찰이 때때로 보인다. 예컨대 황석영의 단편 「돼지꿈」에서 그렇다. 이 소설의 배경을 이루는 서울의 변두리 동네는 보다 나은 삶의 기회를 찾아 시골을 떠난 사람들이 모여서 형성된 빈궁지대다. 동네 사람들은 공장 노동, 고물 수집, 가두행상 등으로 가까스로 생계를 마련하고 있는데다가 인근 공장에서 유출된 폐수와 그밖의 폐품으로 오염된 환경에 놓여 있고 지역개발정책에 따른 철거의 위협까지 받고 있다. 1960년대 후반 경제개발이 만들어낸 도시 빈민 집단을 상기시키는 이 동네 사람들은 어느 날 저녁 동네의 빈터에 모여 주민 강씨가 낮에 폐품을 모으러 나갔다가 얻어온 죽은 셰퍼드 한 마리를 시골의 복날 풍습대로 조리해서 나누어 먹는다. 다중 초점으로 서술된 작중의 이야기는 주로 강씨의 미순 남매가 겪고 있는 고난을 따라 펼쳐진다. 미순은 건달을 만나 얻은 뱃속의 아이를 아비 없이 키워야 하는 처지이고 그녀의 오빠 근호는 공장 기계작업 중 실수로 손가락 세 개를 잃은 참이다. 그러나 강씨네와 그 이웃의 삶은 절박하긴 해도 비극적이지는 않다. 근호가 회사로부터 재해 보상으로 받은 돈을 내놓은 덕분에 미순이 한동네의 홀아비에게 시집을 가게 된다는 것으로 끝나는 이야기는, 빈민사회가 아무리 험악해도 끝내 탐리와 협잡의 마굴이 되지는 않게 하는 공생의 도덕을 전달한다. 이야기의 결말에 이르러 잔치가 벌어졌던 빈터로 초점을 옮긴 서술자는 그곳에 "묘한 활기가 가득 차 있는 것 같았다"고 말한다.

「돼지꿈」이 발표된 1970년대는 박정희 대통령이 다년간의 수출 촉진정책으로 이룩한 국내 산업 진흥의 성과를 바탕으로 경제개발에 한창 박차를 가하던 시점이다. 그때는 박정희 정권 연대기중의 기념할 만한 대목으로, 바로 그때에 새마을운동 제창, 포항제철 공장 착공, 경부고속도로 전면 개통 등의 사건이 있었다. 당시에 정

치 참여가 행해지는 사회 내부의 말의 투기장鬪技場, 즉 공론 영역
은 정부에 의해 장악되어 있었다. 좀더 정확하게 말하면, KBS를 비
롯한 공영 대중매체를 보유하고 민간 언론 및 방송에 삼엄한 통제
를 가하면서 정부 자체가 권위주의적 담론 주권을 가지는 초대형의
강력한 공중을 이루었다. 대통령 스스로 각종 연설과 담화를 통해
자신의 근대주의적, 개발주의 이데올로기를 선전하는 한편 국가의
권위를 공고히 하고 국민적 동일성을 산출하는 공론작업에서 지도
자 역할을 했다. 황석영의 「돼지꿈」은 그러한 국가주의적, 개발주의
적 담론의 전횡에 맞서서 1970년대 문단 일각에서 일어난, 공론 영
역을 복수화複數化하려던 시도에 속한다. 그 작품은 정부 통제하의
공론 영역에 접근하지 못했던 종속 사회 집단—공장 노동자, 빈민
여성, 룸펜 프롤레타리아트 등—이 자신들에 대한 공론적 규정과
해석에 항거해서 자신들의 삶의 실정을 스스로 말하려고 했던, 자
신들을 주어화-주체화하려고 했던 움직임의 일부이다. 그런 점에
서 그것은 하위자 대항공중subaltern counterpublic의 창출에 관여했다
고 간주될 만하다. 오늘날의 독자 가운데 「돼지꿈」에 그려진 도시
변두리에서 자기 계급의 축도를 보거나 그곳의 빈궁에서 자기 인생
의 이미지를 보는 사람은 아마도 소수일 것이다. 그 이야기는 한국
사회가 역사 속으로 밀어버린 시대의 야담 같을지 모른다. 그러나
KBS의 〈당신이 대한민국입니다〉 캠페인이 예시하듯이 통치의 필요
에 맞게 사회적 동일성들을 형성하고 상연하는 국가 본위의 공중
담론은 여전히 강력하다. 자본주의적, 개발주의적 국가가 우리 사
회 속에 일으키는 재난으로부터 우리와 우리의 자손을 구제할 의

무는 조금도 낡지 않았다. 서로 평등하고 함께 자유로운 사회를 위한 상상은 조금도 낡지 않았다.

황종연
문학평론가. 계간 『문학동네』 편집위원. 미국 컬럼비아대와 시카고대에서 가르쳤으며 현재 동국대 국문과 교수로 재직중. 소천비평문학상, 팔봉비평문학상, 현대문학상 등 수상. 저서로 『비루한 것의 카니발』 『탕아를 위한 비평』 『신라의 발견』(공저), 옮긴 책으로 『현대문학문화비평용어사전』, 엮은 책으로 『고도의 근대』 『문학과 과학 I~III』 등이 있다.

김홍중

그럼 이제 무얼 부르지?

남들 앞에서 노래를 불러야 할 일이 생기면 오랫동안 〈건널 수 없는 강〉을 불러왔다. 소주를 마시는 자리에서도, 맥주를 마시는 자리에서도, 피할 수 없이 한 곡을 부를 때가 오면 그것을 불렀다. 들어서 좋은 노래와 불러서 좋은 노래는 다른 모양이다. 다양한 노래들을 애호해온 이력이 없는 것은 아니지만, 타인들 앞에서 목소리 하나로 스스로를 드러내야 하는 민망한 순간에 늘 선택한 노래는 〈건널 수 없는 강〉이었다. 엄인호의 어눌하지만 소신 있는 기타 전주를 배경으로, 한영애의 모방 불가능한 샤먼적 음색을 통해 분사되어 나오는 노래의 가사는, 아시는 분은 아시겠지만, 자못 우울한 것이다. "손을 내밀면 잡힐 것같이 너는 곁에 있어도. 언제부턴가 우리 사이에 흐르는 강물. 이젠 건널 수 없네" 운운. 단절을 꼼꼼히 확인하는 이 말들은 그러나 아직 완벽한 절망이나 고독에는 이르지 못한 채, 모종의 야릇한 낭만성을 발산하고 있다. 비교적 낙천적인 블루스 리듬이, 노래가 상상적으로 형성하는 풍경을 유화가 아닌 수채화적 분위기로 물들이고 있기 때문일 것이다. 나이프로 찍어 몇 번을 덧칠해야 나오는 퀴퀴하고 두텁고 깊이 있는 회한의 감정이 아니라, 어느 화창한 봄날 떨어지는 꽃잎들을 얼굴에 맞으며, 헤어짐도 한순간이라 마음을 다져먹고, 이별이 야기한 비통에 젖어가는 자신으로부터 스스로를 경쾌하게 떼어낸, 가령 백수광부의 처의 그것과 같은 단호한 가벼움이 저 속에 있다. 아무리 우리 사이에 강물이 흘러 너와 내가 만날 수 없다고 강변한들, 너와 나는 결코 헤어질 리 없다는, 더 깊은 곳에 웅크린 자신의 거역된 마음의 편린들이 거기 있다. 이 노래를 즐겨 부르게 된 것은 생각해보면 우연한 계기를 통해서였다. 대학 초년의 한 술자리, 동숭동의 허름한 주점에서, 한 선배가 자신의 차례가 되어 노래를 부르기 위해 일어났다. 80년대 중반 학번으로 의대에 다니며 연극을 하던 그는 소주에 잔뜩 취한 채, 더할 수 없이 흐트러진 모습으로, 두 눈을 힘주어 감고, 처음 들어보는 낯선 노래를 절규하기 시작했다. 고음이 절정으로 치솟는 대목에서 허리를 꺾어가며 발작적으로, 대학로 주점의 방 전체를 가득 메운 채 떠들썩하게 술 마시던 자들의 뭇 시선을 자신에게 집중시킨 채, 그들을 일순 침묵에 빠뜨리며, 혼신의 힘을 다해 노래를 불렀다. 나는 감동했던 것 같다(여성의 노래에 감동할 때 나는 주로 목소리에 이끌리고, 남성의 노래에 감동할 때는 몸짓에 이끌리는 경향이 있다). 왜냐하면 그날 이후 〈건널 수 없는 강〉은 나의 애창곡이 되었기 때문이다. 하나의 세계가 하나의 노래를 만나는 우연한 계기가 그렇게 찾아올 때가 있다. 1990년대 초반 시절은 수상했고 생은 비루했으며 나는 상투적으로 방황하거나 확신 없이 삶의 물결에 밀려가고 있었다. 피로했고 불안했고 죄스러웠다. 존재하고 있다는 것 자체가. "그리워해도 보이는 것은 흘러가는 강물뿐, 건너려 해도 건널 수 없이 멀어, 멀어져가서, 이젠 보이지 않네……" 무언가가 멀어져가고 있다. 사라져가고 있다. 이제 무엇이 너와 나를 다시 이어줄 수 있을까? 다시 이어야만 하는 것일까? 언어, 도덕, 사랑, 혁명, 소통. 이런 것들의 힘으로, 이런 것들의 힘에 대한 믿음으로 사람은 사람과 이어지고 헤어지는가? 80년대적인 함성의 세계가 강물 저편으로 건너가고 있다는 사실을 나는 직감하고 있었다. "역사의 부름 앞에 부끄러운 자 되어 조국을 등질 수 없어 나로부터 가노라." "강철 같은 우리의 대오 총칼로 짓밟는 너 조금만 더 쳐다오 시퍼렇게 날이 설 때까지……" 아, 그런 노래들의 억압적이며 해방적이며 전율적인 힘. 하지만 그날 나를 온통 뒤흔들어놓은 저 〈건널 수 없는 강〉은 모두 함께 부르며 연대하고 열광할 수 있는 노래가 아니었다. 대의를 위해 산화하고픈 불온한 열망을 불러일으키는 노래가 아니었다. 그것은, 목적도 종착역도 없는 만물변전의 흐름이 인간사를 공허하게 가로질러 흘러가고 있다는 사실을 체념하듯 일깨우며, 세상 한구석에 그저 모나드처럼 자리잡고 살아가는 것들의 조용하고 절실한 세계를 안타깝게 어루만지고 있었다. 돌이켜보면, 그 노래를 통해 나를 꿰뚫고 들어온 시대정신은 '리버럴한 것'의 매혹이 아니었을까 싶다. 광주에서 죽어간 자들에 대한 마음의 빚으로부터 태어난 부채의 공동체, 그 분노의 연환계連環計가 해체되는 소리, '전두환/

노태우'로 집약된 악의 화신들과 적벽대전을 벌이던 청년들이, 이제 자신의 배를 선단에 긴박하고 있던 동아줄을 칼로 끊어내는 서늘한 감각, 혼자 떨어져나온 선박의 출렁거리는 멀미와 자랑스러움, 혼자라는 것의 깊은 죄스런 기쁨, 혼자일 수밖에 없다는 인식이 제공하는 성숙의 환상, 너와 나는 무관하다는 말을 감히 노래에 묻혀 세상에 내보내는 도덕적 위반의 쾌감 따위들. 도대체 '자유'란 무엇인가? 그토록 신선했던 자유의 감각이, 채 10년도 지나기 전에, 신자유주의라는 괴물적 쇠우리에 대한 공포와 혐오로 진화하리라는 것을 나는, 어리석게도 전혀 예상하지 못했다. 당시에 자유는 그저 문화였고, 표현이었고, 개인이었다. 외롭고 내면적인 고투, 윤리와 결합한 정치, 새로운 문학의 얼굴이었다. 거기에는 비수 같은 뭔가가, 청량음료 같은 뭔가가, 5월의 햇살 같은 뭔가가 있었다. 지금보다 세상과 인간이 훨씬 덜 금속적이었던 그 시절(이것은 과연 기억의 착오일까?), 인간 사이에 존재하는 압도적 심연을 인정하고 받아들인 자의 포즈로, 온 힘을 다해 〈건널 수 없는 강〉을 부르고 또 부를 수 있었던 것은 뭘까. 샌드백이 아주 견고할 때는 마음놓고 그것을 두드릴 수 있는 것처럼, 리버럴리즘의 감각을 아무리 활달하게 때로는 자학적으로 풀어놓아도, 이놈의 한국사회란 그런 것 따위에는 꿈쩍하지 않을 정도로 결코 리버럴하지 못하다는 기묘하고 씁쓸한 믿음 때문이었다고 할까? 너와 나 사이에 정말로 건널 수 없는 강물이 흐를 것 같지 않았기 때문이라고 할까? 하여 2000년대 중반에 유학을 마치고 돌아와, 돌아온 자의 생경한 시선으로 관찰했던 우리 사회의 '자유주의화' 혹은 '신자유주의화'

는 놀랍고도 두려운 것이었다. 한국사회는 세계의 어떤 다른 사회보다 더 깊숙하고 처절하게 '리버럴리즘'을 끌어들여 변신하고 있었다. 나는 애창곡의 목록에서 〈건널 수 없는 강〉을 지워가고 있었다. 우리 자신들 사이에 이미 건널 수 없는 강들이 흘러가고 있었으며, 바로 그런 이유로 노래가 해석적 탄력성을 가지고 현실과의 긴장 속에서 유희적으로 운동할 수 있는 공간이 닫혀가고 있었다. 리버럴한 것은 이제 상상적 매혹이 아닌 참혹한 리얼리티였다. 가족, 공동체, 친구, 이웃, 직장, 학교, 사회가 내적으로 침식되어 있었다. 모두가 리버럴하고, 모두가 자신을 기막히게 표현하고, 모두가 미적이고, 모두가 예술적인 세계. 그러나 기실 모든 것이 썩어가는 악취를 풍기는 시대. 어디서부터 무엇을 바꾸어야 할지 짐작하기 어려워진 시대. 하나의 노래와 하나의 세계가 단절되어갔다. 박솔뫼 소설의 한 제목을 빌려 말하자면 "그럼 이제 무얼 부르지?"라는 질문 앞에 나는 서 있었다. 그것은 정치적 질문이기도 하고, 실존적 질문이기도 하고, 역사적 질문이기도 했다. 2000년대 중반 이후 몇 년을 나는 노래 없이 살았다. 어떤 노래든 나에게는 그저 노래들일 뿐이었다. '바로 그 노래'가 존재하지 않았다. 진실로 부르고 싶은 노래가 없을 때, 나는 할말이 별로 없는 사람이었으며, 누구 앞에 존재를 걸고 나설 수 없는 사람이기도 했다. 그러던 중.

언젠가 우리
별이 되어 사라지겠죠
모두의 맘이 아파올 걸 나는 알아요

하지만 어쩔 수 없죠 그렇게 정해져 있는걸
세상을 만든 이에겐 아무 일도 아닐 테니까

인생은 금물 함부로 태어나지는 마
먼저 나온 사람의 말이 사랑 없는 재미없는 생을 살거나
언제 어떻게 될지 모른다네

그대는 나의
별이 되어준다 했나요
나의 긴 하루 책임질 수 있다고 했죠
그런데 어두워져도 별은 왜 뜨지 않을까요
한번 더 말해줄래요 너는 혼자가 아니라고

사랑도 금물 함부로 빠져들지는 마
먼저 해본 사람의 말이 자유 없는 재미없는 생을 살거나
죽을 만큼 괴로울지도 몰라

사실 '언니네 이발관'의 노래를 들어온 것은 꽤 오래전부터였지
만, 가사에는 별다른 주의를 기울이지 않았던 것이 사실이다. 언
젠가 우연한 계기로 〈인생은 금물〉의 가사를 읽었을 때, 나는 감
전된 것처럼, 그 자리에 얼어붙었다. 이석원이 간혹 이소라나 윤도
현이 진행하는 주말의 늦은 음악 프로에 나와서 예의 그 내성적
인 어조로 눈도 못 뜬 채, 마이크를 기도하듯 붙잡아들고 노래 부

를 때, "그래, 노래는 저렇게 못할 줄도 알아야 돼" 혼자 낄낄거리다 공연히 그의 음악적 마수에 걸려들어 맥주 몇 캔을 급하게 사다 마시고 취하곤 했었지만, 〈인생은 금물〉이라는 저 노래의 가사는 나에게 진실로 어떤 사상적 일격을 가해버렸다. 그는 노래한다. 살아간다는 것은 별이 되어가는 것이다. 별이 되어간다는 것은 사라진다는 것이다. 사실이 그렇다. 지구는 몇만 년 후에 생명이 서식할 수 없는 곳으로 변모한다. 자연의 섭리이다. 사억 년 전쯤 지상으로 진출했던 동물과 식물 들은 다시 바다로 기어들어 갈 것이며, 생명을 잃은 이 별의 풍경은 삭막하고 을씨년스러워질 것이다. 이것은 '함부로 태어나는' 뭇 생명의 숙명적 조건이다. 그가 옳다. 우리는 앞으로 태어날 미래의 타자들에게, 우리가 그들을 아낀다면, 비록 그들이 이 말을 들을 리 만무할지라도, 이렇게 말하는 수밖에 없는 것이다. "인생은 금물이니, 함부로 태어나지 말도록 하게." 내가 지난 『문학동네』에서 박솔뫼의 소설을 해석하면서 '탈존주의脫存主義'라 부른 바 있는 어떤 사상을 이석원은 자신의 노래에서 이렇게 표상하고 있다. 탈존주의자의 눈에 비친 인생은 고해도, 허무도, 지옥도 아닌 '금물'이다. 즉, 터부이다. 터부들을 가능하게 하는 형식 그 자체(삶)가 터부와 결합한다는 것은, 터부의 외부에 더 큰 삶의 형식이 모색되고 있다는 것을 암시한다. 그것은 태어날 수 있었지만, 태어나지 않은, 태어나지 않기로 결심한 자의 상상적 '위치'가, 하나의 '스탠스'가 집합적으로 인정되고, 사유되고, 모색되어야 비로소 가능한 일이다. 자신에게 주어질 수 있는 삶을 의식적으로 거부하는 미래의 타자들을 상상 속에서 현실로 끌고 와서, 그들 스스로 이 현실의 터무니없음을 조롱하고, 경고하게 하는 그런 이야기를 나는 사실 매우 오래전에 아쿠타가와 류노스케의 소설에서 읽었던 적이 있다(최근에 누군가가 나에게 그 사실을 상기시켜주었다). 「갓파河童」(1927)가 그것이다. 일본의 수생 요괴의 하나인 갓파의 세계에 빗대어 당대 자신의 일본을 한껏 비판하고 조롱하는 이 글에서, 아쿠타가와 류노스케는 갓파들의 해산 장면을, 마치 인류학자가 근대 문명인에게 자신이 탐구한 원시 부족의 삶을 자랑스러움과 책임감이 혼합된 감정 속에서 이야기해주듯이, 다음처럼 서술하고 있다. "우리 인간의 눈으로 보면 갓파의 해산만큼 이상한 것은 또 없지요. 실제로 나는 얼마 후, 백의 아내가 해산하는 것을 보러 그의 집으로 갔습니다. 갓파도 아이를 낳을 때에는 우리 인간과 마찬가지입니다. 역시 의사나 산파의 도움을 빌려서 해산을 하지요. 그렇지만 해산을 하기 전, 아버지는 전화라도 걸듯이 어머니의 생식기에 입을 대고, '너는 이 세상에 태어날지 말지 잘 생각해보고 대답을 해라' 하고 큰 소리로 묻는 것입니다. 백도 역시 무릎을 꿇고 몇 번이고 되풀이해서 이렇게 물었습니다. 그러고는 테이블 위에 있던 소독용 물약으로 양치질을 했습니다. 그러자 부인의 뱃속에 있는 아이는 다소 주위에 신경을 쓰듯 하며 작은 소리로 이렇게 대답을 했어요. '나는 태어나고 싶지 않아요. 무엇보다도 아버지한테서 정신병이 유전되는 것만 해도 문제구요. 게다가 갓파라는 존재를 나쁘다고 믿고 있으니까요.' 백은 이 대답을 들었을 때, 부끄러운 듯이 머리를 긁고 있었어요. 그런데 그 자리에 있던 산파는 금세 부인의 생식기에 두꺼운 유리관을 밀어넣고 무슨 액체를 주사했어요. 그러자 부인은 안심한 듯이 깊은숨을 쉬었습니다. 동시에 지금까지 부풀어 있던 배는 수소가스를 뺀 풍선처럼 풀썩 줄어들어버렸어요."* 아쿠타가와에게나 이석원에게나 인생은 금물이다. 그리고 이 명제는 아이러니가 아니다. 이 명제에는 어떤 화용론도 없다. 인생은 금물이라는 말은 인생은 금물이라는 말일 뿐이다. 진술과 효과가 일치한다. 그냥 그렇다는 말인 한에서, 그 말은 가슴을 찢는다. 인생이 금물이라는 것을 누가 모르더냐? 알면서도 모르는 채 잘 살고자 했는데, 살아보고자, 의미도 만들고, 의미를 구성해서 인생 주변에 화환처럼 둘러놓고, 희망의 안대를 끼고, 이 세계의 처참한 장면들을 선별적으로만 바라보고, 비극과 부정의와 참상에, 인간이 더이상 인간이 아닌 모습들에 눈감으며 살고자 했는데, 그걸 또 일러주는 자들이라니. 그렇게 대놓고 말하면 안 될 그런 말을 하는 자들이라니. 그렇게 말할 수밖에는 없을 정도로 부서진 자들이 있다는 사실. 내 인생은 '금물'인데, 당신은 무엇을 하며 즐기고 있는가, 물어오는 자들. 미래의 피폭자들, 암환자들, 이주노동자들, 탈북자들, 비정규직 노동자들, 실업자들, 강정에서, 4대강에서, 용산에서, 크레인 위에서, 우리 시대의 구조적 폭력에 절망한 모든 인간들. 배제된 자들, 세월호에서 죽어간, 살아남은, 그 죽음과 생존을 목도한 우리 모두의 가슴 가장 깊은 곳에서 누군가 부르고 있는 노래. 인생은 금물, 함부로 태어나지

---

* 『어느 바보의 일생』, 조사옥 옮김, 웅진출판, 1997, 43쪽.

김홍중 | 그럼 이제 무얼 부르지?　147

는 마. 나는 묻는다. 그럼 이제 무얼 부르지?

김홍중
사회학자. 문학평론가. 서울대 사회학과와 동대학원 졸업. 파리 사회과학고등연구원(EHESS)
박사과정 졸업. 현재 서울대 사회학과 교수로 재직중. 저서로 『마음의 사회학』 『99%를 위한
주거』(공저) 『속물과 잉여』(공저) 『사회학적 파상력』이 있다.

전규찬

영원한 재난상태:
세월호 이후의 시간은 없다

파경난 체제의 익사라는 사건적 텔레비전 드라마

대한민국의 바다. 제로 포인트. 세월호는 바닷속에 폐기되었다. 온갖 비행을 내포한 채다. 깊은 수심水深에 좌초된 모두의 수심愁心거리. 세월호는 삼백여 명의 탑승자들을 순식간에 익사로 몰살시킨 채 그 불길한 항해, 저주의 항적을 마감했다. 꽃같이 아름답고 약한 목숨들이었다. 가만히 있으라는 지시를 따른 착한 아이들이었다. 그 선한 생명들을 유기한 채 자본의 선원들은 침몰선에서 조직적으로 탈출했다. 현장에 도착한 공권력은 승선 명령까지 회피하면서 학생들의 수몰을 방관했다. 그러면서 대대적인 구조활동으로 바쁜 척 위장했고, 이 기만의 장면을 '기레기'들은 일방적으로 선전하고 오보로 은폐했다. 온갖 비리와 부패, 모순 들이 노출됐다. 분노가 폭발한다.

마셜 매클루언 식으로 말하자면, 세월호는 또하나의 결정적인 텔레비전, 즉 원격시각적 사건이다. 배 밑으로 처박힌 주검들의 소름끼치는 방송이었다. 해저에 갇힌 억울한 생명들의 놀라운 생중계였다. 자본의 축적본능, 국가의 기능정지를 실시간으로 현장에서 옮긴 TV. 지상의 수많은 사람들이 눈앞에서 펼쳐지는 바닷속 집단멸절의 믿기지 않는 사태를 지켜봐야 했다. 손 하나 까딱할 수 없는 체제의 무력, 타자의 위험을 방관하는 세력의 비행, 죽음으로부터 약자를 구제하기에 애당초 너무나 무력한 국가의 공백을 목격했다. 카메라가 더이상 감출 수 없는 현장이 악몽처럼 드러났다.

세월호는 공권력을 독점한 국가가 온전히 기능하지 못할 때 유발되는 처참한 지경을 시시각각 가시화시켰다. 전시가 아니었기에 더욱 충격적이었고, 우리 이웃의 평범한 사람이었기에 너무나 끔찍한 일이었다. 파릇파릇 살아갈 우리의 어린 생명들이, 우리의 미래가 일상의 수면에서 쑥 꺼지는 집단익사고. 두려움 없이는 지켜볼 수 없는 대형 참사였다. 세월호는 말살의 재난이 세계에 깊이 내재하고 또한 우리가 익사의 위험에 완전히 포위되어 있음을 텔레비전이라는 장치로 여과 없이 감지시켜주었다. 죽음과 삶은 신자유주의 내 전혀 분리되지 않은 일체적 현상임을 새삼스레 환기시켜준다.

체제를 반사하는 깨어진 거울, 파경破鏡. 불량한 선박에 쑤셔넣어진 죽음, 컨테이너를 대신해 꼼짝 못하도록 '고박固縛'된 주검들이 물위로 부풀어올랐다. 산산이 조각난 유리처럼 우리를 날카로운 면으로 깊이 벤다. 사실 세월호에 적재된 화물들은 제대로 고정되지 않았다. 허술하게 배치되어 있었고, 그래서 선박의 침몰을 앞

당겼다. 반대로 선체가 기우뚱 쓰러진 상태에서도 허약한 신체들은 단단히 붙들려 있었다. 움직이지 말라는 명령이 바로 그 고박의 통지문이었다. 불만과 환멸, 분노와 공포는 이 기계적 예속상태, 사물화의 전도된 시스템에 대한 지극히 인간적인 반응이기도 했다. 상황 중계를 지켜본 대중들은 즉각 진상을 간파한다. 세월호가 곧 대한민국의 미시적 판형임을 자각한다.

국가는 진상 노출을 최대한 억제코자 했다. 은폐와 조작, 오보가 난무했다. 재난방송 자체가 재난이었다. 그러나 결코 차단할 수 없는 게 텔레비전이라는 현상이다. 슬쩍 보고도 전체의 진상을 간파하는 대중의 감각적이고 지능적인 인지활동이 펼쳐진다. 일상의 기반이 너무나 얇은 죽음의 살얼음판임을, 쾌적한 편안이란 잠재적 익사상태의 옅은 베일에 불과함을 텔레비전 속 세월호가 폭로한다. 초대형 스캔들의 발생. 분노와 경악 그리고 애도는 체제 불안의 중계, 공황상태인 텔레비전에 대한 대중의 지극히 본능적인 반응에 가까웠다. 슬픔이 분노와 뒤섞여 직접적인 행동으로 응고된다. 애도 공동체가 텔레비전 앞에서 탄생한다.

'죽음이 바로 이날을 잡고 몇 분 내에 그 모습을 나타내기 위해 자신에게 다가오고 있음을 사람들은 의심치 않는다.' 『잃어버린 시간을 찾아서』에서 마르셀 프루스트가 했다는 이 말은 세월호의 시절에 더이상 유효하지 않다. 이제 누구나 다 안다. 우리도 당장 죽을 수 있는 시절이다. 이를 새삼 확인시켜주면서, 텔레비전 속 세월호는 나를 죽어가는 타자에게 깊이 관여시켜버린다. 죽음이라는 공통조건에 기반을 둔 인간적 결속 효과다. 바로 이러한 점에서 세월호는 중요한 미디어였다. 이 시대가 죽음의 시절임을 폭로하며, 지배자본은 근본적으로 불량하고 책임지지 않는 국가는 너무나 위험함을, 그리고 주류 매체의 리포터들은 선전국가의 기관원으로 타락했음을 환기시켜준 소셜미디어다.

세월호는 생환자인 우리에게 이런 뼈아픈 교훈을 남긴다. 신자유주의 자본국가는 개별적 죽음, 사회적 살인의 방임상태에 다름아니다. 다수를 저당잡아 소수를 보호하는 이기적 체제이자, 소수를 위해 다수를 버리는 기회주의적 지배구조다. 이런 비인간적 구조에 대한 복종이 굴욕을 넘어 자멸로 이어진다는 진실을 세월호는 환기시켜준다. 명령하는 소수는 안전하게 도피하고, 도피할 기회가 차단된 다수는 집단으로 익사하고 만다. 전자는 후자를 구조할 생각을 못하고 겨를이 없으며, 출동한 공권력과 TV 카메라 들은 그 결정적 공백상태를 그럴듯하게 위장할 따름이다.

도망친다. 고로 나는 살아남았다. 안전하다는 설득에 반해 명백히 기울어진 선체 바깥으로 도망치는 것, 그게 살길이었다. 각자도생. 전복하는 체제로부터의 즉각적인 이탈이, 위험이 감지된 상황에서의 자발적인 탈주가 겨우 일부를 생존하게 했다. 명령에 순응한 더 많은 생명들은 불행히 수몰되고 말았다. 순종과 반역. 신자유주의시대 인간적 행불행, 인간의 삶과 죽음은 정확히 이 지점에서 갈린다. 세월호는 따지고 보면 너무나 투명한 이 시대적 진리, 생의 이면을 무수한 주검들로써 증거한 일례에 다름아니다. 과연 그래서 도주가 생존의 유일한 길인가? 우리에게 체제로부터의 집단탈출은 가능한가?

체제의 바깥은 없다. 그 내부에서 당장 할 생명보존의 수선 대비책은 무엇인가? 대한민국의 움푹 파인 수상쩍은 구멍. 신자유주의/신보수 자본국가가 초래한 공권력 해체, 공적 영역 구축의 말 그대로 치명적인 웅덩이. 몰살 가능한 어둡고 흉흉한 파공破孔. 세월호는 국가안보의 기만적 위장을 벗기고 재난사회의 처참한 몰골을 드러낸다. 당대에 소스라칠 진상을 생중계했을 뿐만 아니라 후대에도 결코 잊을 수 없는 잔상을 남긴다. 괴물들이 설치고 비명소리가 난무하며 주검들이 흐느적거리는 악몽의 드라마. 다시는 보고 싶지 않은 공포의 생쇼. 세월호의 그 흉흉한 구멍들을 찾아내 막는 재난방지책은 무엇인가?

애도를 넘어선 기록과 이해의 집단책무

개별적·집단적으로 이루어지는 사태 이해, 진실규명의 방담이 해답 찾기의 단초가 된다. 차이 나는 의견/입장들 간 대화는 일방적 선전을 거스른다. 강요된 침묵의 타개책이다. 권력은 진정한 대화를 원치 않는다. 권위로 정보를 독점코자 한다. 그렇듯 붕괴된 국가와 과욕의 자본이 침묵을 강제할 때, 발언의 개시와 대화의 발동은 중요한 정치활동이다. 국가가 '대개조'를 외치고 우익이 잊고 새롭게 출발하자고 촉구하며 자본이 축적의 일상으로 슬쩍 복기한 현재, 세월호를 중심으로 이루어지는 커뮤니케이션은 그 자체로 저항적 행동, 반역적 실천이 된다. 대화를 행함으로써 선전을 중단시키는 저항의 실행. 진상에 관한 토론과 희생자에 대한 우애의 연대,

도래할 불행에 맞서는 사회구제활동은 더이상 분리되지 않는다.

이는 인명 구조의 대비책이 되며 사실상 자기보호의 가이드북이 된다는 점에서 중대한 작업이다. 유가족이고 피해자인 우리가 이 중대 문건의 작성자가 된다. 가슴팍의 노란 리본을 떼어내 잘 보존하는 애도의 후속작업과 더불어, 세월호 관련 물건들을 아카이빙하는 자율적인 시민네트워크의 책임 있는 운영과 함께, 세월호 주변의 정보들을 세심하게 기록으로 남기는 포스트 세월호 글쓰기 프로젝트. 개별적 슬픔을 표현하고 집단적 분노를 기록하며 거리로 나선 행동들을 촬영하는 글쓰기를 잇는, 침몰하는 세월호의 이미지를 분석하고 항해를 지시한 자본의 비리를 입증하며 공백상태인 국가의 이력을 설명하는 비판적 저널리즘으로의 이행.

망각에 대항하는 기록. 모호함을 규명하는 이해의 노역勞役. 말했듯 가해자이지만 동시에 (혹은 그보다) 피해자인 우리다. 우리가 증인이다. 가해자에게 침묵이 반드시 이행해야 할 덕목이 아니라면, 발언은 피해자에게 결코 쉽지 않지만 필수적인 요소다. 피해 재발 방지가 증인들의 힘든 발언에서 시작됨을 우리는 역사를 통해 생생히 지켜봤다. 그리고 그 증언은 뼈아픈 고통의 기억, 즉 기록을 바탕으로 한다. 반성하는 일과 이해하는 노력 또한 정확히 분리되지 않는다. 대화가 주체의 생각을 드러냄으로써 상대방과 관계맺어가는 자타 간 활동이듯, 성찰 역시 타자를 전제하고 나누는 내면의 대화에 다름아니다. 사회적 이해, 그게 바로 반성이다.

어떻게 이런 일이 벌어지게 되었는가? 어찌 이런 일이 있을 수 있는가? 우리에게 무슨 일이 벌어졌으며, 이러한 일이 벌어진 세계를 우리는 어떻게 이해할 것인가? 충격이 초래하는 언어도단, 경악이 낳은 형용 불가가 불행과 슬픔을 체험한 많은 감각적인 언어, 정서적인 표현을 생성한다. 그러한 점에서 세월호에 관한 이야기, 글 들은 사실 넘쳐난다. 글쓰기 어렵다는 고충의 피력은 어쩌면 이 언어 과잉에 대한 불편함의 표식일 공산이 크다. 일면 타당하고 바람직한 자세다. 문제는 언어의 형질이다. 지성적인 언어, 논리적인 담론은 여전히 부족하다.

세월호 항해궤적을 더듬고 침몰과정을 정리하며 원인을 사실적으로 분석한 저널리즘. 과적 지시를 내린 자본을 폭로하고 항해 허가를 내준 공권력을 추적하는 다큐멘터리. 세월호라는 대참사를 신자유주의 자본국가라는 근원적 원인으로 래디컬하게 연결시킨 논문. 우리가 승선한 세월호, 즉 '대한민국'이 얼마나 많은 목숨을 버리면서 위태롭게 항해해왔으며, 바로 지금도 또한 앞으로도 얼마나 많은 생명의 희생을 초래할 것인지를 총체적이고 역사적으로 조사한 책자. '세월호 사건' 인식의 스케일을 지정하고, 그 복잡한 의의와 성격을 광폭으로 정리하며, 세부 탐침의 방법들까지도 강구하는 리포트.

세월호의 정의를 새로 내리는 연구프로젝트. '세월호'란 과연 무엇인가? 포스트 세월호의 국면에서 글쓰기는 상황원리의 이해와 사태의 조리 있는 분석, 사건에 대한 사실적인 기록의 복합체가 되지 않으면 안 된다. 주류 매체가 관련 뉴스를 빠르게 폐기할 때, 다양한 해석의 저널리즘 학술토론을 곳곳에서 개시한다. 국가의 최종발언이 될 공산이 큰 국회특위가 마감될 때 다큐멘터리 대중담론을 새롭게 발동한다. 모두가 잘못이라는 희석론에 저항하는 구체적 책임 규명의 각론이다. 더이상 들춰내 상처를 입히지 말라는 변명에 맞서, 상처로 위장한 폭력의 소재를 명확히 폭로하는 스피치활동이다.

탑승자들이 작성하는 항해일지, 바로 그게 위험한 자본, 불안한 사회, 공포의 국가에서 생존을 모색할 시민의 안전윤리 지침서가 되도록 한다. 과연 끝날 일인가? 이렇게 묻자. 우리는 과연 세월호의 굴레로부터 탈출할 수 있을까? 악몽의 선실에서 벗어나는 게 가능한가? 하노이 종합대를 졸업하고 문예전사로 전쟁터에 뛰어든 시인 이니는 오래전 그 벗어남의 불가능성을 지적했다.[1] 대체 그때 왜 그리 많은 사람들이 죽을 수밖에 없었는지 설명할 수 있는가? 왜 우리는 그 많은 인명의 손실을 눈뜨고 지켜볼 수밖에 없었는지 해석해낼 수 있나? 하필이면 왜 내가 아닌 저 어린 친구들이며, 잘난 이들이 아닌 우리 사회의 힘없고 약한 자들인가?

야만적이고 참혹한 집단몰살이 어떻게 국가가 지배·관할하는 근해에서 저질러질 수 있는가? 만약 우리가 남해에서 괴물과 조우했다면, 그것은 가만히 있으라는 선원들, 도주한 선장과 선주, 배 주변만 배회한 해양경찰, 컨트롤타워가 없는 재난국가 바로 그 총체성이 아닌가? 책임의 소재를 찾기 어려운 사태의 불투명성. 생명을 구할 공권력이 묘연한 상태에서 '가만히 있으라'는 메시지만 반복되는 카프카적 환상상태. 항해를 책임진 사람들이 막상 생명들을 내동댕이치고, 유기에 가담한 어린 항해사가 악인들의 법정에 서 두

---

1) 김현아, 『전쟁의 기억, 기억의 전쟁』, 책갈피, 2002.

려움에 흐느끼는 괴기한 비현실. 이 엽기적 상황의 소설적 형상화 이전에 도피는 불가능하다.

세월호는 익사한 시신뿐만 아니라 허물어진 신자유주의를 함께 수면 위로 노출한다. 신자유주의 자본국가의 야비한 실정, 약육강식의 냉정한 실상을 폭로한다. 전혀 악하지 않았을 선원들로 하여금 지극히 악한 행동을 저지르게 강제하는 비정한 세월호 선체에는 '신자유호'라는 타이틀이 딱 어울린다. 탈주하는 욕망의 선들을 찾아내 '꼼짝 마라' 낚아채는 오웰의 『1984』보다 더 오싹한 장면이 2014년 세월호의 선상에서 재현되었다. 잔혹한 정글의 법칙은 위기에조차 철저히 관철되고 있었다. 그에 앞서 모골이 송연해지는 자본의 변침이 있었고, 관료주의 괴물국가의 무력武力보다 더 두려운 무력無力의 시위가 뒤따랐다.

아무도 구조하지 않은 게 아니었다. 애당초 구할 수 없을 정도로 장비가 없었고 설비가 부족했다. 공권력이 부재했던 게 맞다. 국가의 공백상태. 세월호는 축적의 욕망에 매몰된 자본의 비리를 결정적으로 보여주는 동시에, 이를 방기·유도한 국가의 부정을 폭로한다. 자본국가의 실패가 드러난다. 불량국가의 실체적 현현이다. 세월호 사태는 구조할 수 있는 공권력의 부재라는 측면에서 국가권력의 몰락, 국가기구 붕괴의 증표가 된다. 생명은 상시적 위험의 표류상태로 내몰리며, 치명적인 익사상태에 처한다. 구조 실패에 대한 비난, 국가의 책임이라는 요구는 바로 이 자본국가 붕괴 현실의 표현에 다름아니다.

신자유/신보수주의 호러국가, (공)권력의 치명적 구멍

사실 신자유주의국가는 그 내부에 죽음의 그림자를 내포하고 있는 불길한 체제다. 만인의 만인에 대한 투쟁에 의한, 만인의 죽음을 방지하기 위해 폭력을 독점한 국가가 애당초 그러했다. 국가의 배후에는 늘 죽음의 그림자가 어슬렁거린다. 후지타 쇼조는 이를 "홉스 구상의 가장 깊숙한 곳에 있는 국가의 불길성"[2]으로 표기한 바가 있다. 실제로 국가폭력은 대중의 학살을 낳는다. 그런데 신자유/신보수주의시대 국가권력/폭력의 불길함은 세월호에서 전혀 다른 양상으로 확인된다. 권력을 독점한 국가가 그 권력을 공익을 위해 제대로 행사하지 않는 공백상태가 초래하는 치명적 폭력이다.

권력독점체인 국가가 공권력 행사의 장치들을 해체하고 무능과 무책임으로 일관하여 재난을 가져오는 폭력적 양상이다. 힘을 독점한 국가가 그 권력을 제대로 사용하지 못할 때, 자기배려의 기술을 채 터득하지 못한 '국민'은 사멸한다. 생명보존의 자율적 주권을 제대로 행사하지 못한 채, 어처구니없이 죽음에 노출되고 마는 것이다. 경찰력을 강화하면서 막상 인명 구조의 결정적 공권력은 해체시킨 신자유주의 자본국가의 치명적 맹점이다. 공동체 외부의 위험에 대항해 질서를 요구해왔던 국가가 다름아닌 체제 내부의 위협에

---

2) 후지타 쇼조, 『전체주의의 시대경험』, 이순애 엮음, 이홍락 옮김, 창비, 1998, 351쪽.

대해서는 철저하게 무력함으로써 재난을 초래하는 위험한 질서.

'국민'보호를 내세워 권력을 독점한 주권자가 막상 '국민'의 일부를 잡아먹는 국가/상태. 이를 '호러 스테이트Horror State'라 이름 붙이면 과연 과장인가? 호러국가는 인간이 생명을 유기하고 인간이 인간을 잡아먹는 괴물 지배의 상태. 세월호는 구명난 약육도생, 각자도생의 스테이트가 낳은 최악의 테러다. "움직이지 않고 한곳에 머물러 있으려 해도 끊임없이 여행으로 내몰"[3]리는 세계, '유동하는 근대세계'에 펼쳐진 국가테러다. 권력의 이동과 자본의 유통, 상품의 회전에 대해서는 적극 규제를 완화한 국가가 사람에게만 유독 자유를 제한하고 그 구속적 주권을 폭력적, 예외적으로 행사하는 이중사회의 파멸적인 결과다.

기실 일반적 생명안보의 체제는 보편적 복지국가의 패러다임과 함께 해체된 지 오래다. 생명은 전시가 아닌 평시에도 더이상 안전하지 않다. 국가(감독)기구에 의해, 탐욕적인 자본의 설비에서 구조적인 학살이 이루어진다. 일상은 이미 오래전부터 일정 계급에게 생존투쟁의 전시상태에 다름아니며, 이 생명마멸의 비상상태를 전제할 때 '위험사회'라는 수식은 비로소 제대로 된 사회학적 의미를 갖는다. 취약계층의 삶을 체계적으로 삭제하는 반反평온의 참극이 되풀이되는 환상적 안전공동체, 특정 집단을 조직적으로 배제하면서 생존한 자들을 중심으로 안전의식이 강요되는 신화적 안보국가.

---

3) 지그문트 바우만, 『고독을 잃어버린 시간』, 조은평·강지은 옮김, 동녘, 2012, 18쪽.

이게 '대한민국'이다.

'세월호'다. 대구 지하철 참사와 용산 참사를 잇는 것은 물론이고, 쌍용자동차와 삼성반도체, 밀양, 강정 등으로 표출된 구조적 재난과도 연속되는 현실이다. 최악의 체제모순이 접적된 세월호. 자본/국가의 불량한 접합구조가 파열되면서 초래된 사회구조적 연쇄살인사건. 참극을 낳은 자본국가의 레짐은 여전히 남아 있기에, 세월호는 언젠가 또다시 되풀이될 대형 참사의 선례이자 예표다. 비참의 반복 가능성을 지시하는 고통현실의 충격적 표현이자 징후적 표면이 되는 셈이다. 다가올 재난의 선행적 기표. 그 의미심장함을 내포한 세월호이기에 의미 해석은 미래에서도 결코 완료될 수 없는 진행형의 과제가 된다.

요컨대 세월호는 다수의 생명을 앗아간 비극적 사고인 동시에 신자유주의 체제모순이 집약되고 농축되며 구체화되어 발생한 사건이다. 우리는 죽음으로 현현한 절대적 타자성과 고통스럽게 조우한다. 죽음이라는 생명의 대립적 타자성, 주검이라는 낯선 '사물과의 만남'을 단박에 가능케 한 체제경험의 사건이었다. 신자유주의의 모순성을 파경으로 형상화한, 우리 신변에 발생한 충격적인 물리현상이다. 몰살은 이제 전시가 아닌 평시에도 얼마든지 가능하다. 일상의 평화란, 냉전논리처럼 적의 무력침입에 의해서가 아니라 안보체제의 미비와 국가의 공백으로 말미암아 내부로부터 결정적으로 위협받는다. 그 진상이 드러난 사건이다.

세월호는 결코 체제의 이물질이 아니다. 생명을 잡아먹는 신자유주의의 야수적 원리를 고스란히 배태한 날카로운 파편이다. 대한민국이 곧 세월호임을, 신자유주의가 원흉임을 지시하는 결정結晶적인 기표다. 신자유주의가 지속되는 한 세월호는 계속된다. 세월호가 평형수를 빼내듯, 신자유주의는 사회공공성을 갉아먹는 탓이다. 모두의 안전과 행복을 위한 핵심 공통영역의 갈취, 그 결과는 사람들의 떼죽음이다. 평형수가 배의 복원력 회복에 필수적이라면, 공공성은 생명안보에 절실하다. 자본은 게걸스럽게 이를 사유화하고, 국가는 규제 완화를 통해 그 해체를 조장한다. 그래서 '국민'의 몰살이 초래되는바, 세월호는 이런 점에서 불량한 자본국가의 비극적 연장선에 있다.

세월호는 신자유주의의 파국적 예외가 아닌 파멸적 상례에 불과하다. 선체 밸런스를 무너뜨린 평형수 부족과 과적을 위한 선체 개조는 결코 일개 선사·선주의 악의를 보여주는 데 그치지 않는다. 신자유주의 자본국가의 구멍난 공공성을 상징한다. 사회 성원의 공통되고 넓은 이익을 위해 일정한 부피를 여백으로 남기고 그걸 국가가 제대로 관리/규제함으로써 다수의 삶이 존속되도록 하는 공공성. 그럼으로써 생명보존의 핵심장치가 되는 공공성. 세월호는 '(자본 + 국가)−공공성 = 몰살'이라는 자본국가의 비극적 방정식을 담은 결정적인 교재에 다름아니다.

세월호의 참사 현장에서 국가의 철저한 무능력, 공권력의 미비한 구조능력이 처절하게 드러났다. 재난 시스템의 총체적인 공백 상태가 지속되며, 이를 은폐하기 위한 선전공작이 난무했다. 불량한 '기레기'들이 양산한 선전의 뉴스, 정권의 지령을 받는 국가재난방송사가 쏟아낸 오보들 또한 대한민국이라는 신자유주의 체제가 자행한 공적 영역 괴멸, 미디어공공성 파괴의 현실을 반증한다. 공공公共성의 공백空白. 우리는 그것을 국가권력의 결정적 구멍이라고 했으며, 이 구멍으로 무수한 생명들이 익사했다. 사태에 관한 국가의 기본 책임이 바로 여기에 있는바, 그것은 국가가 구조를 제대로 하지 못한 게 아니라 구조의 기능들을 시장에 팔아먹은 데 있다. 사설 인양회사에 인명 구조를 맡긴 해프닝이 이를 희비극적으로 예증했다.

결국 세월호는 빼낸 평형수, 즉 공공성의 복구가 사회재건, 생명보존, 평화회복의 중대한 방책임을 반증하는 텍스트가 된다. 보다 정확하게 말해서, 세월호의 안전한 항해를 위해 평형수가 필수적이듯, 사회의 안전유지를 위해 공공성의 회복이 절대적임을 우리는 깨닫게 된다. 공공성은 자본의 것도, 국가의 소유물도 아니다. 다수의 안전을 위한 사회적 공통재산이다. 그게 붕괴될 때 삶의 파멸이 불가피하다. 파멸을 반복하지 않기 위해서 우리는 신자유주의 자본국가의 의지에 반항해 공공성을 필사적으로 지켜내지 않으면 안 된다. 공영방송을 되찾고 진실의 저널리즘을 복구하는 사업도 포함된다. 그러하지 못하면 죽는다. 세월호 희생자들이 산 자들에게 남긴 결정적인 유훈遺訓이다.

시민사회 복구의 희망, 생명사회 구성의 빛

사회라는 공적인 보호망의 강구가 절실하다. 시민이라는 주체와 시민성이라는 덕성이 필수적이다. 시민주체와 시민윤리 그리고 시민연합의 총체인 시민사회로서 재난 방지, 위기 탈출의 안전장치를 설치하는 일이다. 공포의 자본국가, 호러의 신자유주의 바깥으로의 전원 탈출은 이론적으로, 실천적으로 불가능하다. 지금은 혁명의 시간도, 봉기의 시대도 아니다. 괴물우리 속 피나는 쟁투만 남는다. 재난의 방어막을 쌓는 일이다. 체제 내부에서, 시민사회를 기반으로, 평형수의 재공급과 공공성의 회복을 이뤄내는 것이다. 공공성의 복구와 연계된 (시민)사회의 복원이 생명회복의 현실적 해답이다. 세월호의 와중에 우리가 서두를 직접행동의 중대한 방향, 결정적 내용, 명확한 목표가 바로 여기에 있다.

말했듯, 세월호는 평범한 인간이 괴물로 변하고 지극히 정상적인 인간이 악마가 되는 지옥이었다. 한나 아렌트가 말한 '악의 평범성'이 펼쳐지는 야만의 상태였다. 극악한 행동들이 전쟁이라는 예외상태에서 친구가 아닌 적을 상대로 행해지는 게 아니라 '우리' 안에서 우리를 상대로 잔혹하게 자행되었다. 신자유주의/신보수주의 자본국가는 '국민' 또한 괴물로 타락시킨다. 세월호는 누구나 괴물이 될 수 있는 인간성 추락의 지옥도이며, 참혹은 기실 이 절망의 현실을 가리킨다. 평범한 사람들이 떼로 익사하는 와중에 가진 자들은 이를 방조하면서 기회주의적으로 피신하는 야수성. 죽음을 방기하는 반인본주의.

누가 누구를 믿을 수 있는가? 세월호는 신자유주의 체제와 마찬가지로 명백히 비인간적인 상태였다. 모든 사람들이 어떤 상황이 닥치면 이준석 같은 선장이 되고 유병언 같은 도망자가 될 수 있음을 보여준 총체적 불신의 상황이었다. 언제든지 인간이 살인(방조)을 저지르고, 내가 바로 그 희생자로 전락할 수 있는 상태. 그게 대한민국의 실상임을 보여준다. 각자도생이라는 냉소가 이런 극악한 조건에서 전염병처럼 퍼진다. 불신세계에 갇힌 대중의 이기적인 반응이다. 그런 우리가 어찌 신뢰의 사회를 만들어갈 수 있나? 세월호 현장은 인간성의 완전소진상태가 아니었던가? 정말로 그러한가?

세월호 선체 내부에서는 과연 야만적 지옥도만 펼쳐지고 있었던가? 각자도생의 정글이었나? 필사적 탈출의 노력이 있었고, 절망에 처한 공포와 저주가 따랐을 것이다. 동시에 죽음의 순간에도 완전 마멸되지 않은 인간적이고 사회적인 움직임들도 나타나지 않았을까? 버려진 사람들 간에, 저주받은 사람들 사이에 발휘되는 위로의 상호교통과 기도의 상호위안. 소수자의 상호부조, 약자의 사회적 보살핌. 영원히 증언되지 않을 면모다. 아니다. 입증된 사실이다. 선체 외부로 겨우 전달된 메시지들은 형용 불가의 지경에서조차 소멸되지 않은 인간정신의 열도, 휴머니즘의 현장을 감동적으로 전했다. 시민성은 저주의 세월호에서도 괴물성에 반해 끝까지 존재하고 있었다.

지상에서도 마찬가지다. 세월호 재난 현장을 중심으로 시민사회성이 빠르게 규합되었다. 민간 다이버들이 전국에서 몰려와 목숨을 걸고 자율활동을 펼쳤다. 생계를 내팽개치고 팽목항으로 달려간 봉사자들이 있었고, 노란 리본을 달고 촛불을 든 수많은 아이와 어미들이 있었다. 특히 어미들은 세월호를 지켜보면서 본능적으로 직감한다. 목숨을 가볍게 여기고 살인을 묵과하는 나라는 우리 가족을 제대로 지켜줄 수 없다! 국國과 가家 사이의 이음매에 뚝, 금이 간다. 국가의 접합구조에 중대한 파열이 발생한다. 유모차를 끌고, 어린 생명을 앞장세워 거리로 나선 어미들은 국/가의 절연을 공표하는 정치적 신체에 다름아니었다. 국가체제의 분열을 알리는 대중적 흐름이었다.

가만히 있지 않겠다는 흐름들이 곳곳에서 요동쳤다. 경찰 바리케이드를 넘어 청와대로 질주코자 한 분노의 청년들이 있었다. 빗속을 질주한 이들은 거의 잊혀진 6·10의 과거를 대중저항의 역사로서 부활시킨다. 세월호를 반란의 역사에 두려움 없이 부착시킨다. 책임을 요구하고 진상을 규명하는 소셜미디어의 저널리스트들이 출현했고, 자발적으로 애도의 공연을 올린 예술가·창작자들이 나타났다. 결기에 찬 인간(성)의 이 모든 돌출이 슬픔의 시간을 구성하고 분노의 공간을 연출했다. 아니, 세월호라는 저항공동체를 일궈냈다. 정치사회를 만들어낸다. 가족을 잃은 유가족·피해자들은 국가가 아닌 이 자발적 어소시에이션으로부터 더 많은 위로와 위안을 얻었다.

연대의 계기와 삶의 희망을 찾는다. 투쟁의 동력을 발견한다. 아슬아슬하게 살아남은 우리 또한 마찬가지다. 촛불의 어소시에이션은 결코 죽은 이들만 기리지 않는다. 살아남은 우리가 자신을 위로하고 서로에 대한 신뢰를 표시하며 살 만한 사회를 규정하는 현존적 구조활동이었다. 희생을 막고 생명을 지켜내려는 생명체들의 적극적 동요, 희망 찾기의 연대적 몸짓이었다. 세월호는 살아남은 자들 사이에 일종의 운명적 결속효과를 빚는다. 삶과 죽음의 공통운명체가 촛불을 매개로 구성된다. 촛불은 움직인다. 연대하고 행동하면서 신자유주의를 폭로하고 다른 세계를 상상하는 사회적 신체의 운동. 시민사회란 이미 존재하는 게 아니라 이렇듯 구성적 실천을 통해 만들어지는 게 아니던가?

생명은 애당초 그런 사회적 동작을 통해 지켜지는 것 아닌가? 쇼조의 말처럼, "혼돈이 초래하는 괴로운 시련을 거치면서 욕구나 희망이 재편성"[4]된다. 세월호는 암흑 같은 체제 부동의 상태에서 희미한 희망의 줄기를 내비친다. 살 수 있다. 살아남아야 한다. 그래서 움직이고 또 움직인다. 세월호는 해저로부터 수신되는 불길한 정지신호이면서 동시에 지상에서 재발견된 이상한 빛의 운동신호다. 이중의 기호다. 참사 현장은 레베카 솔닛이 말하듯,[5] 시민사회의 희망을 어둠 속에서 희미하게 드러낸다. 재난은 그렇게 '양가적 부피'를 갖는다.

'폐허'를 변증법주의자는 양의적인 것으로 응시해야 한다. 폐허에서 우리는 죽은 자들이 남긴 유언을 읽어내야 한다. 희망을 기록에 남겨야 하고, 전망을 글쓰기로 옮겨야 하며, 행동으로 이 모든 것들을 구체화해야 한다. 사회를 보호하라! 시민사회가 강화되어야 하며, 그래야 생명보호와 인명구제가 가능하다. 참사 앞에 무력한 국가에 맞서, 피해자이자 유가족인 우리가 짊어질 공통사역은 바로 이 진실의 접수에서 시작한다. 생명의 네트워크를 펼치는 일. '사회 공통적인 것'을 넓히는 몫. 말 그대로 죽느냐 사느냐의 문제이며, 익

---

4) 후지타 쇼조, 같은 책, 21쪽.

5) 레베카 솔닛, 『이 폐허를 응시하라』, 정해영 옮김, 펜타그램, 2012.

사 현장에서 우리는 이 생사의 갈림길에 놓인다. 타락의 절망, 부상의 희망. 그 사이에서 긴급하고 현명한 선택을 강요받는다.

세월호에 관해 글쓰기하는 생존자의 안전윤리

세월호가 영원하듯, 세월호를 파생한 체제 또한 현재로서는 영구적이다. 정권은 기민하게 생존을 위해 기동하며, '국가 대개조'의 프로그램을 서두른다. 21세기형 유신維新 선포다. 체제의 구조적 위험성을 전체의 항시적 위기의식으로 변치하려는 수습책이다. 불량 시스템의 임기응변, 구멍난 체제의 긴급조치다. 허위적 안전 구조물이 곳곳에 설치될 것이고, 온 '국민'이 도덕 재무장에 동원될 것이다. 도덕적 파시즘, 사회공학적 전체주의의 용접이 이루어질 공산이 높아진다. 시민사회의 대안적 자율(구조)능력을 막아내려는 체제 봉합의 시도다. 그래서 재난 스테이트는 과연 우리의 생명을 보장해줄 것인가?

체제의 강화는 재난의 심화를 초래할 따름이다. 체제는 무너지면서 더욱 강고해지고, 그럼으로써 더 큰 재난을 초래할 뿐이다. 영구적 재난시간. '세월호 이후'는 존재하지 않는다. 영구평화는 오직 가상세계로서만 존재한다. 신기루일 뿐이다. 아우슈비츠의 비상사태가 멀쩡한 평화의 시간에, 감금의 수용소 바깥에서, 이른바 비정상의 타자가 아닌 정상의 우리를 상대로 해서, 시시각각 펼쳐진다. 총에 맞고, 차에 치이며, 불에 타 죽고, 건물에 압사당한다. 재벌의 공장에서, 국가의 시설에서 주검이 속출한다. 자살로 가장한 사회적 타살이 이어진다. 신자유주의 자본국가가 초래하는 떼죽음이 세월호의 상황을 지속시킨다.

두렵지 아니한가? 맞다. 세월호를 응시한다는 것은 공포의 체제를 직시한다는 것에 다름아니다. 사람이 시신으로 미끄러지는 섬뜩한 경사면을 놓치지 않는 것이다. 조르조 아감벤은 무릎 굽힌 채 구멍 앞에 엎드려 있는 자, 곧 주검의 구덩이 속으로 처넣어질 자가 오늘의 나/우리임을 자각하지 않는 한 아우슈비츠의 고난을 아무리 떠벌려도 무의미하다고 경고했다.[6] 영원한 재난상태에 처한 우리가 숙지할 경고문이다. 재난현실을 두려운 눈빛으로 응시할 때, 우리는 그곳에서 무엇과 마주치게 되는가? 공포에서 벗어나고 두려움을 떨쳐내기 위해, 희망을 찾고 그것을 실현하기 위해, 우리는 당장 무엇부터 시작해야 하는가?

행동이다. 움직임이다. 공포는 신체를 결박하고, 운동은 불안을 해소한다. 우리는 망각의 부피를 줄이고 기억의 부패를 막는 글쓰기를 실행에 옮기고, 기억의 훼손을 방지할 이야기를 실천해야 한다. 죽음은 되풀이된다. 한 번은 재난으로, 두번째는 더 큰 참사로. 최선의 예방, 죽음의 최소화가 답이다. 글을 쓰고 말을 하는 것은 그 재발 가능성을 예고하는 경보음으로서 대피행동과 연속된다. 말할 수 없는 죽은 자들을 대신해, 산 자로서 자임하는 의무다. 생환자의 피할 수 없는 고통이다. 죽은 자를 기리기 위해서가 아니다. 살아남았으나 다시 죽을 수 있는 우리, 반드시 살아남아야 할 우리

---

6) 조르조 아감벤, 『아우슈비츠의 남은 자들』, 정문영 옮김, 새물결, 2012.

자신을 위해 할 일이다.

거리를 채운 노란 리본들이 낡아가고, 광장을 메운 애도행진도 끊어진 지 오래다. 울음바다는 더이상 없다. 유가족들은 차가운 거리로, 소외된 단식 현장으로 내몰린다. 환멸과 냉소, 슬픔과 분노의 기운이 더이상 세계를 지배하지 않는다. 다들 부끄러워했고 미안해했고 늦게나마 사죄했다. 어색한 분위기가 오히려 팽배하다. 이제 우리가 대체 무엇을 더 할 수 있는가? 피해자를 위해, 유가족들과 함께 또 무엇을 해야 하는 것인가? 불편한 심기가 은밀히 유포되고 있다. '우리'와 '그들'로 분리하려는 움직임이 나타난다. 체제는 바로 이런 단절, 방심을 틈타 안심의 달콤한 메시지를 유포한다. 위기를 위협의 언사로 봉합코자 한다. 수고했다. 모든 걸 이제 정부에 맡겨라. 계속해 세월호를 떠드는 것은 그 의도가 불순한 행위다. 진상을 파고드는 당신은 혹시 좌파가 아닌가? 아니면 가만히 있으라.

그럴 것인가? 9·11과 강도에서는 전혀 다르지 않은 실재계의 제로 포인트가 펼쳐졌다. 그 이전과 전혀 다른 마굴세계의 도래. 내부로부터의 충격이다. 축재를 꿈꾸는 물욕의 자본, 사사화私事化를 조장하는 무능의 국가. 그 합체물인 신자유주의 자본국가의 전복이 빚은 쇼크사다. 항해는 재난을 낳고 구조적 실패로 이어지며, 이는 취약계층의 치명적 희생으로 귀결된다는 명료한 진실이 드러난다. 세월호는 시스템의 총체적 부실을 폭로했다. 공권력의 체계적 오작동을 고발한다. 권력의 마비가 생명의 패배를 초래한다. 파열된 구멍으로부터 유실된 목숨들은 체제와 그에 구속된 생명의 속수무책 상태를 생생하게 증언했다.

고난의 피해자는 물론이고 목격의 당사자인 우리, 그리고 기억의 시간을 살아갈 미래주체들에게 송부된 섬뜩한 진실이다. 참사의 결정적인 교훈이다. 뒤집힌 세월호의 밑바닥으로부터 우리가 래디컬하게 긁어내고 읽어내야 할 암호다. 귀환하지 않을 목숨을 대신해 현장에서 악착같이 수거하고 정확하게 조립하며 명철하게 독해할 메시지의 내용이다. 한참이나 걸릴 선체 인양에 앞서, 언젠가 국가가 괴물의 선체를 수면 위로 끌어올려 전시·수거하기에 앞서, 우리가 당장 뛰어들어 비극의 잔해들을 수집·보존할 것이다. 그 진실 고발과 현실보존의 직무로부터 이제 슬그머니 등을 돌릴 것인가? 체제가 원하는 대로, 비겁하게?

살아남은 자의 운명적 의무를 내려놓을 것인가? 권력작동의 회로, 체제유지의 관성에 반해 자임할 생존윤리를 포기할 터인가? 그래서 현장을 훼손시키고 말 것인가? 비극을 초래할 것인가? 세월호의 비극은 일찌감치 행동을 요구했다. 감수성의 동작만큼이나 중요한 지성의 활동을 요청했다. 따가운 자책보다 더 날카로운 비판의 무기를 들이대라. 세월호라는 괴기적 상황을 풀이하는 분석과 의미해석의 진술을 내놓을 것. 상처를 비집고 들어가는 해부의解剖醫의 비정함, 피의사실을 심문하는 공안검사의 차가움을 장착하라. 나태를 침묵으로 가장하지 말라. 백여 일이 지난 지금 우리는 더욱 단호하게 현실로부터 추궁을 받는다. 당신은 영원한 재난의 시대에 무엇을 하고 있는가?

글쓰기는 기본적으로 위반의 행동이고 저항의 실천이다. 코드이탈의 반역이고 규칙 해체의 반란이다. 그래서 희망이다. 신자유주의에 대항해 대중의 감각을 틔우는 시적 언어가 재난 현장에서 속속 생산되고 있다. 정서를 자극하고 경험의 상호주관성을 구성하는 세월호 피해자·유가족 기억의 산문이 미디어를 통해 유포되고 있다. 국정원 사태에서 이미 위력이 입증된, 실체 파악을 위한 대중저널리즘의 직접행동 또한 활성화된 지 오래다. 이에 비춰 한참 지체된 학술이다. 무능한 학예다. (문화)연구자는 어떻게 국가권력이 유혹하는 이성의 폐문을 열고 기민한 공론을 펼칠 것인가? 세월호를 어찌 정리할 것인가? 획기적이지 않을 기록의 실천이고 분석의 작업이며 해석의 노력이겠지만, 오직 반복을 통해 미묘한 차이의 공간을 벌려가는 창작의 윤리를 어떻게 짊어질 텐가? 그럴 것인가? 그리고 또 무엇을 할 것인가?

전규찬
위스콘신 대학에서 커뮤니케이션학 박사학위를 받았으며, 한국예술종합학교 영상원에서 학생들을 가르치고 있다. 문화연대 미디어문화센터 소장을 거쳐, 현재는 언론연대 대표직을 맡고 있다. 다수의 논문과 책이 있고, 최근에는 대감금의 역사를 폭로한 책 『살아남은 아이』를 한종선, 박래군과 함께 썼다.

김서영

정신분석적 행위,
그 윤리적 필연을 살아내야 할 시간:
저항의 일상화를 위하여

탈주에는 언제나 아테(ἄτη)를 가로지르는 행위가 동반된다.[1]

들어가며: 굳은 벽을 녹여내는 촛불막의 화염

4월 16일 발생한 세월호 참사 앞에서 정신분석학은 무능했다. 16일 아침, 그 시간, 나는 프로이트의 『꿈의 해석』 청소년판 해설서를 쓰고 있었다. "부모의 눈치를 보며 그들의 욕망에 갇혀서도 안 되고, 바깥세상이 두려워 내 안에 묻혀서도 안 된다." 너희들이 수장당하는 시간, 나는 왜 이 쓸데없는 말을 하고 있었나? "언니가 부

---

1) 본문에 언급된 『오이디푸스 왕』과 『안티고네』는 소포클레스, 『소포클레스 비극』, 천병희 옮김, 단국대학교출판부, 1998, 9~154쪽 참고. 단 제사의 경우는 '아테'에 대한 라캉의 해석을 중심으로 『안티고네』 제614행을 재번역하였다. 번역본에는 "과도한 것은 어떤 것도 재앙(ἄτη)을 면치 못하리라"(118쪽)로 번역되어 있다.

럽고 오빠가 부러워, 형이 부럽고 누나가 부러워 그들을 따라 진로를 결정해서는 안 된다. 남의 장단에 맞추어 춤을 추는 인생을 살면 결코 자신의 역량을 온전히 발휘하지 못한다." 나는 이 쓸데없는 말을 누구에게 하고 있었나? "어릴 때부터 '무조건 이과'로 정해진 학생들이 있다. 세상에 그런 게 어디 있나? 내가 정말 원하는 방향으로 가고 있는지 멈추어 생각할 수 있어야 한다." 나는 어디를 향해 이 쓸데없는 말들을 쏟아내고 있었나? "고민 없이 앞으로 걸어나가다보면, 반드시 언젠가, 처음 출발했던 그곳으로 되돌아오게 된다. 내 장단을 찾고 그것을 지켜낼 수 있어야 한다." 멈춘 시간 속에서 미래가 사라질 때, 배 유리창 한 장도 깨부수지 못하는 이 쓸데없는 말들은 도대체 어디를 향하고 있었나? 나는 여태껏 무슨 말들을 지껄여온 것인가? 정신분석이라는 학문이, 막힌 시간을 뚫어내는 데 어떤 기여를 할 수 있나? 오히려 정신분석이, 그 판단 없는 경청과 드넓은 이해로 이해하면 안 되는 것, 이해할 수 없는 것을 이해해준 적은 없었나? 성욕설, 남근선망, 구강기, 항문기, 남근기, 오이디푸스콤플렉스, 엘렉트라콤플렉스…… 도대체 이 단어들로 무엇을 할 수 있나?

나는 그동안 '백만 인을 위한 정신분석'이라는 표제하에 정신분석의 대중화를 위해 노력해왔으며, 타인을 진정으로 이해한다는 것이 무엇인지에 대해 이야기해왔다. 정신분석의 눈으로 보면, 겉으로 드러나지 않는 큰 슬픔을 감지할 수 있다고 말해왔다. 그것을 포착하고, 이해하고, 극복할 수 있도록 도와야 한다고 가르쳐왔다. 슬픔을 추스르는 의식의 중요성과 상실을 견디어내는 애도의 방식들에 대해 연구해왔다. 그러나 그런 이론들과 고민들이 도대체 지금까지 무엇을 준비해온 것일까? 세월호 참사와 그 이후 우리가 목격하고 있는 일들은 내가 아는 정신분석 이야기들이 통용되지 않는 세상의 부분들이다. 그 세상에서는 죄지은 자는 벌을 받고, 억울한 이는 원을 풀고, 왜곡된 질서가 바로잡히는 그 마땅한 서사가 전개되지 않으며, 희생자의 넋이 위로되고, 남은 이들이 상처를 치유받는 그 당연한 이야기도 시작조차 되지 못하고 있다. 국민이 상주가 되어 함께 애도와 치유의 흐름을 만들어도, 이내 그것을 차단하고 틈들을 메워버리는 벽이 나타난다. 백 일이 넘는 시간 동안 끊임없이 상처받고, 끊임없이 분노할 수밖에 없었던 유족들의 심정은 어떨까? 이것은 마치 아이를 잃은 부모에게 다가가, 애도의 말을 건네기는커녕 오히려 칼로 그의 심장을 찌르는 격이 아닌가? 그러나 '인간'이라는 요소가 빠진 그 벽이 유가족에게 행사한 폭력을 묘사하기에 이 비유는 충분하지 못하다. 끝이 보이지 않는 차벽에 의해 애도의 과정이 중단되고, 가슴이 잘려나간 유족들의 상처투성이 몸에는 또다른 상처가 더해진다. 상처받은 사람에게 더 많은 상처를 주고 마음이 무너진 이의 심장에 비수를 꽂는 이 세상에서 도대체 우리 정신분석학자들은 그동안 무슨 이야기들을 지껄여온 것인가?

이제는 정신분석이 개인사를 벗어날 때가 되었다. 그도 사연이 있다는 말은 더이상 실천적인 현상분석을 수행해낼 수 없다. 지금 우리에게 필요한 것은 '가만히 있으라'는 명령에 저항할 수 있는 이론적 기반이다. 우리는, 가만히 있지 않는 국민에게 힘이 되고, 그들에게 이론적 토대를 제시하여 그 힘을 증폭시킬 수 있으며, 진정한 애도를 도모할 수 있는 이론, 멈춘 시간을 뒤흔들어 미래를 향해 흘러가도록 만들 수 있는 이론이 필요하다. 경찰 저지선 앞에 시민들이 세운 촛불벽의 위력을 포착하고 그 힘을 증폭시킬 수 있는 이론, 촛불벽에 화력을 더하여 막힌 벽들을 뚫어내고 미래를 향해 길을 낼 수 있는 이론이 필요한 것이다. 우리의 촛불벽은, 인간이라는 요소를 분쇄하는 차벽과 달리, 인간의 연대에 의해 생성되는 '막'이다. 그것은 인간다움을 감싸는 보호막이자 그것을 파괴하려는 모든 폭력에 저항하는 의지로서, 어떤 날카로운 무기도 뚫지 못하는 방패이며, 어둠 속에 내버려진 말들과 사연들을 세상에 드러내어 밝히는 빛이다. 그것은 하나의 세포가 세포막을 통해 다른 세포와 소통하듯 타인의 내부에 연결될 수 있는 수용체이며, 끝없는 순환과 재생을 위해 굳어진 내부를 외부로 배출할 수 있는 게이트이기도 하다. 그것은 살아 있는 유기체로서, 온 힘을 다해 촛불을 든 사람들의 소원을 하늘에 전한다. 우리는 정신분석의 영역에서 촛불막의 기능을 맡을 수 있는 지점을 찾아내고, 그것을 중심으로 새로운 이론적 기반을 구축해야 한다. 이를 위해 가장 먼저 시도해야 하는 것은 안티고네를 중심으로 오이디푸스 서사를 재구성하는 작업이다.

안티고네의 윤리적 선택: '비타협'으로써 아테의 경계를 횡단하는 길

자크 라캉이 일곱번째 세미나에서 주목하는 윤리적 주체의 예시는 안티고네의 행위이다.[2] 안티고네는, 국가의 반역자로 낙인찍혀 장례가 불허된 오빠 폴리네이케스의 시신 위에 흙과 제주祭酒를 뿌리고, 그에 대한 형벌로 죽음에 이르게 된다. 그녀는 폴리네이케스의 죽음에 대한 애도와 장례가 금지된 상황에서, 이 마땅한 일들을 수행하는 것이 자신의 윤리적 임무라고 생각한다. 아무 일도 하지 않은 채 침묵하는 것은 배신이라고 말하는 안티고네와 달리 그녀의 동생 이스메네는 "더 강한 자의 지배를 받고 있는 만큼, 이번 일들과 더 쓰라린 일에 있어서도 복종해야" 한다고 판단한다. 이스메네는 "지나친 행동은 아무런 의미도 없고" 또 이 상황에서 달리 "어쩔 도리가 없다"며 통치자들에게 복종할 것을 권한다. 안티고네는 그러한 생각이 "신들께서도 존중하시는 것을 경멸"하는 것이라고 비판하며, 죽음을 불사하고 오빠를 위한 장례 의식을 수행한다. 그녀는 인간의 법보다는 하늘의 법을 따랐고, 이를 위해 자신의 두려움을 극복한다. 안티고네는 실로 욕망을 타협하지 않는 주체로서 그런 '비타협'은 자신에게 남겨진 유일한 선택을 받아들이는 행위를 뜻한다. 안티고네의 사례에서 볼 수 있는 정신분석적 행위로서의 '선택'은 이것과 저것을 비교하여 그중 하나를 선택하는 일이 아니며, 주어진 범위 내에서 하나를 고르는 일도 아니다. 그것은 하늘의 법을 따르기 위해 이에 어긋나는 모든 규율과 체계에 저항할 수 있는 용기를 뜻한다. 우리는 안티고네의 이러한 행위를 그녀의 아버지

---

2) J. Lacan, *The Seminar of Jacques Lacan(Book VII): The Ethics of Psychoanalysis 1959~1960*, trans. D. Porter, London: Routledge, 1992.

인 오이디푸스의 행적과 비교해볼 수 있다.

오이디푸스는 스핑크스의 저주로부터 테베를 구하고 국가의 질서를 회복하였으나, 딸은 윤리적 선택을 통해 그 질서를 거역하며 세상에 하늘의 법을 회복시키고 있다. 아버지는 자신의 행동이 뜻하는 바를 이해하지 못했으나, 딸은 행위의 윤리적 의미를 명백히 자각하고 있다. 오이디푸스의 근친상간은 보편적 공감을 이끌어내는 것이 불가능한 죄였으나, 안티고네의 장례 의식은 백성들의 공감을 얻은 행위이다. 아버지와 달리 딸에게는 동지적 연대 속에서 그녀를 지지하고 목숨이 다할 때까지 연대의 끈을 풀지 않은 사람이 있다. 그가 바로 크레온의 아들 하이몬이다. 그는 아버지인 왕에게 직언을 하고, 현재의 상황을 백성의 눈으로 전달할 수 있는 사람으로서 안티고네와 함께 인간이 넘을 수 없는 한계인 아테를 횡단하는 인물이다. 안티고네의 행위가 반역이라는 왕의 말에 대해 하이몬은 "테베의 백성들이 하나같이 그렇지 않다고 말하고 있습니다"라고 답하며 결코 비열에 굴복하지 않겠다고 선언한다. 오이디푸스의 과제는 자신의 무죄를 증명하는 것이었으나 안티고네의 임무는 신들의 명예를 지키는 것이다. 아버지의 인생은 개인사와 자신의 비극적 운명에 파묻혀 있으나 딸의 인생은 신의 법과 그 신성을 수호하기 위한 경건한 행위로 고양된다. 테이레시아스가 드러낸 진실이 오이디푸스를 절망케 만들었다면, 그가 크레온에게 밝히는 진실은 신의 법을 드높임으로써 안티고네의 올곧음을 드러낸다. 아버지가 세상의 질서를 왜곡시킨 반면 안티고네는 세상에 신의 질서를 세운다. 딸은 이와 같이 자신이 물려받은 아버지의 과오를 속죄하고 세상의 어긋남을 바로잡는다. 그런 의미에서 『오이디푸스 왕』에 묘사된 오이디푸스의 비극적 운명은 안티고네의 윤리적 선택을 통해 구원을 받는다고 할 수 있다. 이것은 아버지와 딸, 두 사람에 대한 이야기라기보다는 한 사람 내부에서 일어나는 죄와 속죄, 무지와 깨달음, 회피와 대면의 서사일 수도 있다. 그것은 진실을 향한 내부로의 여정이 아닐까? 김연수가 「그러니 다시 한번 말해보시오, 테이레시아스여」[3]에서 지적했듯이, '망각과 무지와 착각' 속에서 진실에 대한 질문을 회피해온 모든 사람이 그 자신 오이디푸스였을 것이다. 『안티고네』가 우리에게 요청하는 것은 내 직접적 행동과 무관하며 심지어 내가 태어나기도 전에 자행된 범죄에 대해서도 책임을 지라는 것이다. 그러한 책임은 반드시, 내가 알지 못하는 사이, 내가 무심히 고개를 돌린 사이 자행된 잘못들과 이 때문에 흐트러진 질서를 바로잡는 윤리적 행위와 연관되어야만 한다. 그것은 입을 열어 말하는 것이며, 잘못을 따져 진실을 드러내는 것이자, 신의 법을 받드는 일이다. 그것은 한마디로 '가만히 있지 않는 것'이다.

라캉은 『햄릿』[4]과 함께 『안티고네』를 욕망의 문제와 관련짓는다. 두 눈을 뜨고도 욕망의 진실을 바라보지 않는 자들에게 안티고네의 이미지는 참으로 불편하고 두려운 형상이다. 라캉이 그 중

---

3) 김연수, 「그러니 다시 한번 말해보시오, 테이레시아스여」, 『눈먼 자들의 국가』, 29~43쪽 참고.

4) W. Shakespeare, "Hamlet", *The Tudor Edition of William Shakespeare: The Complete Works*, London: Collins, 1959, pp. 1028~1072.

심에 배치하는 단어는 '아테'이다. 아테는 '한계'를 뜻하며 인간은 오직 섬광을 목격하듯 잠시 그 경계를 엿볼 수 있을 뿐이다. 이 단어는 『안티고네』에 스무 번 반복된다. 그러나 일반적으로 우리는 아테에 접근할 엄두를 내지 못한다. 그것이 우리에게 익숙한 모든 것을 포기해야 하는 영역, 상징적 죽음을 감수해야 하는 영역이기 때문이다. 안티고네 역시 기존의 상징적 질서가 무너지는 아테의 불운을 두려워하고 있지만, 그녀는 크레온의 법을 견딜 수 없었으며 그 법에 더이상 복종할 수 없었다. 라캉은 어떤 것/사람과도 타협하지 않는 안티고네의 '비융통성'을 '비인간'이라고 지칭한다. 거기에는 인간적 망설임이나 사고, 계획이나 판단이 없다. 그것은 윤리적 필연으로서, 안티고네라는 숭고한 인물의 사례가 아니라면 '괴물성'으로 묘사되었을 특성이다. '비인간'으로서의 안티고네는 자신의 존재가 상징적 죽음을 맞이하게 된다 하더라도 오직 절실함, 다급함에 의해 추동되는 단 하나의 필연적 선택만을 도모할 수 있을 뿐이다. 라캉은 「논리적 시간과 예기된 확실성에 대한 주장」[5]에서 절실함으로부터 비롯된 필연적 선택을 '진실'이라고 부른다. 여기서도 궁극적 진실을 구하는 자들은 죄지은 이들이다. 라캉은 시민 일반을 대표하는 코러스가 안티고네의 '비융통성'이 오이디푸스의 '비융통성'과 같다고 말할 때 그들이 그녀를 전혀 이해하지 못하고 있음을 지적한다. 오이디푸스의 고집은 무지를 타고 운명의

---

5) J. Lacan, "Logical Time and the Assertion of Anticipated Certainty", *Érits*, trans. B. Fink, New York: W. W. Norton & Company, 2006, pp. 161~176.

덫으로 뛰어들지만, 이와 반대로 안티고네가 보여준 '비인간'으로서의 '비타협'과 '비융통성'은 의지로써 아테의 영역 너머를 향하고 있기 때문이다. 라캉은 안티고네가 아테의 영역을 횡단하도록 추동하는 것이 바로 그녀의 욕망이라고 말한다. 아테는 대타자의 영역으로서 그 중심에는 크레온의 법이 지배할 수 없는 공백이 존재한다. 그 공백으로 나아감으로써 우리는 대타자의 폐쇄구조를 밝힐 수 있는 것이다. 그 너머에 있는 것이 공백 자체라면 아테 너머로 나아간다는 것은 무엇을 뜻하는가? 공백은 인간의 법을 구축하는 중심이자 동시에 인간의 법이 온전히 상징계를 채울 수 없게 만드는 내부의 구멍/사물이다. 전자에서 그것은 내적 원인으로 기능하며, 후자에서는 경계 밖에 존재하는 외부의 얼룩으로 경험된다. 아테는 주체의 가장 내밀한 심부에서 발견되는 경계이며, 그것에 접근하는 순간, 우리는 그 자신을 운명으로 부과하는 상징계의 질서에 구멍을 낼 수 있게 된다. 그때 잠시, 섬광처럼 인간의 법은 하늘의 법과 맞닿게 된다. 이곳에서 비로소 새로운 시작과 변화가 가능해지는 것이다. 우리는 프로이트의 꿈 사례에서도 안티고네와 유사한 해방적 시도를 명확히 관찰할 수 있다. 『안티고네』와 마찬가지로 프로이트의 꿈 사례들 역시 개인을 정의하는 기억과 사회적 정체성이라는 내면적/외면적 감옥에서 벗어나기 위한 주체의 노력을 보여주고 있다. 그중 『꿈의 해석』[6]에서 분석되는 다음의 사례는

6) S. Freud, *The Interpretation of Dreams*(S. E. vol. 4~5), trans. J. Strachey, London: The Hogarth Press, 1900.

감금과 해방을 직접적으로 다룬다는 점에서 변화의 가능성과 주체성의 탄생에 대한 대표적 예시라 할 수 있다.

행위하는 주체를 위하여: 프로이트의 튠 백작 사례에 나타난 감금과 해방의 모티프

프로이트 전집 중 가장 중요한 한 권의 저서를 뽑는다면 그것은 정신분석의 방법론을 담고 있는 『꿈의 해석』이다. 이 책에 언급된 수많은 예시들 중 가장 중요한 사례 하나를 선택한다면, 그것은 튠 백작 사례로도 알려져 있는, 억압과 저항에 관련된 프로이트의 자기분석이다. 우리는 이 사례를 통해 프로이트의 과거 기억과 현재의 문제와 미래의 꿈을 읽을 수 있다. 전체 서사는 두 부분으로 구성되어 있는데, 첫번째 부분은 자신을 가두는 집에서 벗어나는 이야기이고, 두번째 부분은 자신을 정의하는 사회에서 벗어나려는 노력과 관련된다. 프로이트 자신이 꿈에 대해, "첫번째 문제가 집을 벗어나는 것이었다면, 두번째 문제는 도시를 벗어나는 것인 듯하다"고 말한다. 두 부분에서 모두 출구가 봉쇄된 이미지가 나타나며, 프로이트는 두 번에 걸쳐 이 봉쇄된 문들을 열어젖히고 폐쇄된 장소를 벗어나는 데 성공한다. 프로이트의 경우, 모든 질문과 변화를 차단하는 첫번째 대상은 아버지였다. 아버지는 프로이트가 원하는 삶에는 관심이 없었으며, 평생 아들과 소통하지 못했다. 그래서 아버지가 정의한 삶, 그가 기대한 삶에서 벗어나는 것이 꿈의 첫번째 목표가 된다. 프로이트의 삶을 재단하고, 그의 존재를 정의하며, 이에 대한 질문이나 대화의 가능성을 차단한 두번째 대상은 반유대주의 정서가 팽배했던 당시의 사회이다. 꿈의 여정에는 자신을 가두는 감옥들에서 벗어나고자 하는 프로이트의 현실 속 투쟁이 반영된다. 그렇게 프로이트는, 꿈과 현실 두 영역에서 모두 높다랗게 솟은 벽을 부수고 그 너머로 걸음을 내딛는다. 프로이트의 꿈을 읽어보자.

사람들이 많다. 집회인 것 같다. 튠 백작인 듯 보이는 사람이 연설을 하고 있다. 독일인들에 대해 몇 마디 해달라고 요청받자, 백작은 그들이 좋아하는 꽃이 머위라고 비웃는 듯 말한다. 나는 내가 모욕을 당한 것처럼 화를 낸다. 그런 내 태도에 나 스스로 놀란다.

내가 대학 대강당에 있다. 출구들이 다 봉쇄되어 있는데, 그곳을 탈출해야만 한다. 복도를 걷고 있다. (……) 감시를 피해 출구 밖으로 나왔다는 걸 상당히 뿌듯하게 생각한다. 내가 해낸 것이다. 아래층으로 내려오니 좁고 가파른 길이 있다. 그 길로 한 걸음 내딛는다.

첫번째 문제가 집을 벗어나는 것이었다면, 두번째 문제는 도시를 벗어나는 것인 듯하다. 마차를 타고 역으로 가는데, 이상하게 우리가 지금까지 계속 기찻길로 달리고 있었다는 생각이 든다. 역에 도착하니 역도 이미 봉쇄되어 있다. 나는 어디로 가야 하나 생각하다가, 그라츠에 가기로 한다.[7]

---

7) Ibid., pp. 209~211.

아버지는 언젠가 프로이트가 잘못을 저질렀을 때 "저런 게 커서 뭐가 되겠어"라고 소리 질렀다. 아버지조차 잊어버린 이 사건을 프로이트는 오랫동안 마음에 담고 있었는데, 시간이 지나며 그 목소리는 내화되어 프로이트를 괴롭히게 된다. 꿈에 나온 머위는 프로이트가 'pissenlit'라는 불어단어를 먼저 떠올린 후 독일어로 번역한 것이다. 사실 'pissenlit'는 민들레를 뜻한다. 그는 왜 이 단어를 꿈의 첫 부분에 떠올렸을까? 단어를 풀어보면 'piss en lit', 즉 '침대에 소변을 본다'는 뜻이 된다. 물론 이는 아버지라는 주제어와 연관된다. 어릴 때 그 때문에 자주 혼이 났던 것이다. 비웃음의 대상은 자신이었으며, 그래서 그는 스스로도 놀랄 만큼 정색하고 화를 낸다. 내 안에서 들리는 아버지의 목소리에 저항하고 그것으로부터 벗어나지 못한다면, 결국 나는 미래에 만나게 될 타자들과의 관계에서도 언제나 아버지 앞에서 그랬던 것과 똑같이 주눅든 태도로 눈치를 살피게 될 것이다. 그사이 내 마음속 불꽃은 사그라지고, 뭘 원하는지, 뭘 해야 하는지에 대한 결정은 나를 제대로 이해하고 있지 못한 타인들에 의해 내려지게 된다. 이 첫번째 감옥을 벗어나지 못한다면, 우리는 결코 주체적인 결정과 결단의 시간에 이르지 못한다. 현실에서 프로이트는 튠 백작이 손짓 한 번으로 자신의 의사를 표현하는 모습을 보게 된다. 튠 백작과 집회는 자신의 뜻을 관철시키려는 의지를 의미하며, 꿈의 전면에 배치되어 프로이트가 이 여정에서 필요로 하는 에너지를 제공하고 있다. 이후 프로이트의 연상은 선배와 대결하여 승리했던 경험, 교사의 권위에 도전했던 기억으로 이어진다.

두번째 부분은 유대인이라는 자신의 정체성에 관련된다. 작센 지방에서 기차여행을 할 때 한 무리의 남자들이 프로이트의 가족을 모욕하며 유대인에 대한 반감을 노골적으로 드러낸 적이 있었다. 프로이트가 꿈에서, 아주 오랜 시간 동안 그렇게 마차를 타고 기찻길로 달리고 있었던 것 같다는 생각을 하는 이유는, 그가 평생 그런 모욕감을 느끼며 살아왔다는 것을 뜻한다. 과연 프로이트는 이 공간을 벗어날 수 있었을까? 꿈에서 그는 목적지를 그라츠로 정하는데, '돈은 아무 문제가 아니야Was kostet Graz'라는 표현과 관련되는 이 도시명은 프로이트를 '한계 없는 공간'으로 이끌고 있다. 즉 여기에는 모든 제약으로부터 벗어나고자 하는 그의 마음이 표현되어 있다. 이 프로젝트는 프로이트가 『모세와 일신교』[8]에서 모세가 사실은 이집트인이었다는 학설을 옹호하며 더욱 정교화된다. 모세의 정체성에 대해 의문을 제기하고, 유일신교의 순수성을 무너뜨리며 유대교를 해체함으로써 프로이트는 두번째 꿈에서 시작된 탈출기를 완성한다. 그것은 역사가 신화로 화석화되는 과정에 개입하여, 당연하게 간주되어온 중심에 질문을 던지는 행위였으며, 모든 정지된 것들을 뒤흔들어 그 안에 변화의 가능성을 불어넣는 시도였다. 프로이트가 시도한 종교적 정체성의 해체는 오늘날 가자지구의 백팔십만 팔레스타인 시민들에게 자행되는 반인륜적 폭력이 어떤 방식으로 직조된 허구적 정체성과 관련되는지 밝힐 수 있는 사유의 무

---

8) S. Freud, *Moses and Monotheism*(S. E. vol. 23), trans. J. Strachey, London: The Hogarth Press, 1939 참고. 국내에는 『종교의 기원』(이윤기 옮김, 열린책들, 1997)으로 소개되었다.

기이기도 하다.

정신분석은 개인을 내적, 외적으로 감금하는 구조를 분석하고 그것으로부터의 해방을 도모하는 실천적 학문이다. 변화를 위해 우리는 아테의 경계로 나아가야만 한다. 그 경계에 이르렀을 때 우리는 비로소 건물과 도시가 봉쇄되어 있는 현실과 대면하게 된다. 변화와 새로움은 언제나 그 경계에 온몸으로 부딪쳐, 그것이 어떤 방식으로 우리의 사유와 행동을 제약하고 있는지 체험하게 될 때 가능해진다. 여기에는 항상 절실함과 다급함이 동반되며, 바로 그 순간 정신분석적 행위가 가능해진다.

절실한 자들의 이야기: 타자의 시간을 떠나 결단의 시간에 이르는 법

『햄릿』의 배경이 되는 덴마크는 더이상 세상을 떠난 이들을 애도하지 않는다. 폐허로 변해버린 나라에 돌아온 햄릿은 이곳에서 자신에게 부과된 임무가 무엇인지 분명히 자각하고 있다. 그것은 왜곡된 질서를 바로잡는 일이다. 그러므로 햄릿의 고민은 안티고네의 의무와 다르지 않다. 그들의 임무는 하늘의 법이 통하지 않는 세상에 맞서 하늘과 맞닿은 새로운 법을 만들어내는 것이다. 라캉은 여섯번째 세미나에서 『햄릿』을 애도가 부재한 비극으로 간주한다.[9] 극이 시작된 후 우리가 목격하는 것은 마땅한 이야기가 사라

---

9) J. Lacan, *Le séminaire: Livre VI, Le Désir et son interprétation*, Paris: éditions de la Martinière, 2013.

진 세상의 모습이다. 세상을 떠난 이들을 잘 떠나보내는 예식 자체가 사라진 세상, 죽음을 애도할 길이 사라진 세상에서 햄릿은 결단의 시간이 다가오고 있음을 직감한다. 선왕의 유령은 이미 햄릿이 자각하고 있는 의무를 환기하는 역할을 할 뿐이다. 유령이 출몰하는 것은 죽은 자의 죽음이 애도되지 않았기 때문이며, 그가 말하는 복수는 사사로운 과제라기보다는 세상을 바꾸라는 내면의 요청에 다름아니다. 이 과제 앞에서 햄릿은 망설이고 있다. 모든 것이 명확한 상황이지만 그의 마음을 가득 채우고 있는 것은 비겁함과 무력함이다. 그는 살인에 대한 숙부 클로디어스의 고백 앞에서도 여전히 결단을 내리지 못한다. 햄릿은 아직 멈추어 있는 자이다. 그는 움직이는 것을 두려워한다. 클로디어스의 명령에 복종하여 영국으로 떠나는 장면에서도 우리는 지극히 수동적인 햄릿의 나약한 모습을 볼 수 있다. 극은 이렇게, 햄릿이 벌이는 자신과의 긴 싸움을 묵묵히 따라간다. 그것은 자신에게 부과된 의무를 받아들이는 과정이기도 하다. 4막 4장에 이르면 햄릿은 자신과 달리, 망설이지 않으며, 예견할 수 없는 미래에 대해서도 확신을 가지고 있는 듯 보이는 노르웨이의 왕자 포틴브라스의 모습을 보게 된다. 그와의 만남을 통해 햄릿은 결단과 행위로 나아갈 수 있는 힘을 얻는다. 막 하나가 지나 5막 1장에서 햄릿은 연인 오필리아의 죽음과 마주하게 되는데, 그것은 진혼가도 없이 격식과 절차가 제한된 지극히 초라한 장례식이었다. 이 순간, 햄릿은 절실함과 다급함을 느낀다. 그리고, 오빠의 시신이 훼손되는 상황에서 자신에게 주어진 필연적 선택을 받아들였던 안티고네와 마찬가지로 그 역시 운명적 방향성을 떠맡는다. 이제 그는 그 자신으로서, 타협할 수 없는 욕망을 따르게 될 것이다. 그 증거로서 우리는 "나는 덴마크인 햄릿이다"[10]라는 그의 발화를 듣게 된다.

라캉은 햄릿이 '타자의 시간'에 사는 인물이라고 설명한다. 그는 자신이 원하는 것을 알지 못했으며 끝없이 다른 인물들의 욕망에 휘둘렸다. 유령의 시간, 어머니의 시간, 숙부의 시간에 머물렀던 그가 자신의 이름을 발화하며 이제 그 자신이 되는 것이다. 이 지점에서 욕망의 비극은 안티고네의 시대로 거슬러올라가 운명의 비극으로 승화된다. 5막 2장에 이르면 햄릿은 인간의 노력을 마무리해주는 "신성"이 있음을 인정한다. 그리고 비장하게 자신의 역할을 받아들인다. 최선을 다해 준비한 후 적시가 찾아와주길 기다릴 수밖에 없다는 햄릿의 말에서 우리는 다시 한번 하늘의 법을 상기하게 된다. 그렇게 햄릿은 결단의 시간에 이른다. 라캉은 「논리적 시간과 예기된 확실성에 대한 주장」에서 정신분석의 시간 개념은 지극히 주관적인 것이라고 설명한다. 결단의 시간은 이해의 시간을 전제한다. 이해의 시간은 망설임의 시간을 거친 이후에 비로소 주체가 도달할 수 있는 지점이다. 라캉은 그것을 불확실한 시간이라고도 부른다. 우리는 망설임과 불확실함을 통해서만, 무엇을 선택해야 하는지, 현재의 시간들이 무엇을 뜻하는지 알 수 있게 된다. 라캉에

---

10) W. Shakespeare, "Hamlet", *The Tudor Edition of William Shakespeare: The Complete Works*, London: Collins, 1959, p. 1067. "This is I, Hamlet the Dane"은 "난 덴마크의 왕자 햄릿이다"(『햄릿』, 신정옥 옮김, 전예원, 2007) 또는 "난 덴마크 왕 햄릿이다"(『햄릿』, 최종철 옮김, 민음사, 1998)로도 번역된다.

따르면 이해의 시간은 항상 타자와의 관계 속에서 드러난다. 우리 각자는 타자의 시간을 관찰하며 그 속에서 자신의 고유한 시간을 찾아내야만 하는 것이다. 움직이는 시간을 멈추는 망설임과 죽음 같은 침묵 속에서 주체를 움직이게 하는 것은 절실함과 다급함이다. 라캉은 이를 자유를 향한 움직임이라고도 부르는데, 절실함에 의해 추동된 도약은 주체를 진실로 이끌게 된다. 주체가 달려가 자신의 진실을 말하기 시작할 때 우리는 그가 결단의 시간에 이르렀음을 알게 된다.

지젝의 레닌과 융의 욥: 하늘의 법, 그 유토피아적 불꽃을 지켜내는 길

슬라보예 지젝의 『까다로운 주체』[11]는 제목과 달리, 결단의 시간에 이르는 정신분석적 주체의 모습을 관찰할 수 없는 책이다. 오이디푸스와 햄릿과 행위와 주체 개념이 언급되지만, 그것은 『삐딱하게 보기』[12]에서 대중화된, 무시무시한 실재적 심연의 연장일 뿐이다. 이 책에서 지젝은 헤겔의 『예나 체계기획 III』[13] 중 정신의 개념 부분에 언급되는 핏빛 얼굴과 하얀 형태에 정신을 잃고 무시무시한 세계의 밤 속으로 침잠한다. 이러한 해석 속에서 그는 『대논리학』[14]으로 나아가는 방향성을 상실하고 그가 도착적으로 집착하

---

11) 슬라보예 지젝, 『까다로운 주체』, 이성민 옮김, 도서출판b, 2005.
12) 슬라보예 지젝, 『삐딱하게 보기』, 김소연·유재희 옮김, 시각과언어, 1995.
13) G. W. F. 헤겔, 『예나 체계기획 III』, 서정혁 옮김, 아카넷, 2012.
14) G. W. F 헤겔, 『대논리학』 I~III, 임석진 옮김, 지학사, 1982~1983.

는 실재의 심연에 감금된다. 이러한 상태로 집필한 저서에, 경계로 나아가는 용기와 해방을 위한 모색이 발견될 리 만무하다. 절실함이 있어야 하는 자리에는 두려움이 깔려 있고, 행위를 위한 다급함이 있어야 하는 공간에는 상징계와의 접점을 잃은 실재적 나른함만이 존재한다. 이 책 속의 지젝은 움직이지 않고 있다. 따라서 그가 설명하는 오이디푸스는 원한에 파묻힌 노인이 되고, 행위의 주체는 섬뜩한 무두적無頭的 주체로 퇴행한다. 해석을 가능하게 하는 모든 S_1[15]을 부정하고 현실로부터 도피하는 그가 무시무시한 공백으로서의 주체로 어떤 궁극적 행위를 기획할 수 있겠는가? 정신병적 공간을 닮은 이 절망의 서사에서 지젝을 구원하는 것이 바로 레닌이다. 이로써 실재적 지젝은 드디어 절망의 시간을 뚫고 사물의 심연을 벗어나 상징계로 귀환하며 비로소 과거로의 시간여행을 시도할 수 있게 된다.

『혁명이 다가온다』[16]에서 지젝은 레닌의 실패한 혁명의 성과를 강조한다. 지젝에 따르면 실패한 혁명은 역사 속에서 일어날 수도 있었던 일, 우리가 만들 수 있었던 세상에 대한 기표이다. 이는 정확히 벤야민이 복원과 발굴과 교육을 요청하는 과거의 유산으로서, 새로운 세상에 대한 꿈과 기대, 그리고 그 주위에 박동치는 힘을 뜻한다. 지젝은 시애틀 시위를 통해 그러한 세상이 실현되는 모습을 보았다. 시애틀 시위는 새로운 연대의 가능성을 연 성공적 사

---

15) 여기서 S_1은 언어의 의미작용이 탄생하는 출발점을 가리키며 그 결절을 중심으로 상징계의 질서가 구축된다.

16) 슬라보예 지젝, 『혁명이 다가온다』, 이서원 옮김, 길, 2006.

례를 제시하였으며, 지젝은 바로 이것이 레닌이라는 이름에 밴 '유토피아적 불꽃'을 살려내는 행위라고 생각했다. 지젝은 결코 자신이 지금 레닌으로 돌아가야 한다고 주장하는 것이 아니라고 설명하며, 그보다는 레닌의 실패를 받아들이고, 그가 가능하게 만든 가능성의 영역을 회복하는 것이 관건이라고 말한다. 이전의 지젝이 주체 속의 심연에 매몰되어 허우적거렸다면, 이제 지젝은 레닌 내부에 있는 레닌 자신보다 더욱 큰 사물을 상징계의 중심에 회복하려 한다. 『죽은 신을 위하여』[17]에서 그는 라캉의 실재계를 "비전체로서의 상징계"로 정의한다. 이전의 실재계가 모든 것을 집어삼키는 무시무시한 심연으로서 주체성과 정체성이 사라지게 만드는 중심이었다면, 이에 맞서는 새로운 실재계는 상징계의 중심을 비워내며 그곳에 역사적 시간으로부터 길어낸 유토피아적 불꽃을 회복시키는 내부의 공백이다. 또한 지젝은 주체의 결단 없이는 어떤 사건도 일어날 수 없으며, 진정한 혁명은 절실함과 다급함 속에서만 발생한다고도 말한다. 그는 주체의 개입을 메시아적 시간으로 정의하는데, 그것은 역사의 객관적 흐름 속에서 발생하는 결과라기보다는, 상징계를 돌파하며 타락 내부에서 구원의 가능성을 살려내는 주체의 행위를 뜻한다. 즉 레닌의 실패가 말해주듯이, 다른 곳이란 존재하지 않으며, 지금 이곳에서 구원의 불꽃을 피워낼 수 있어야 한다는 것이다.

지젝은 이것을 칸트로부터 헤겔로의 전회라고도 설명한다. 현

---

17) 슬라보예 지젝, 『죽은 신을 위하여』, 김정아 옮김, 길, 2007.

상 너머의 물자체를 가정하는 칸트적 우주로부터 현상 사이의 불일치 자체를 더욱 근본적인 변화의 동력으로 보는 헤겔적 논리로 이동해야 한다는 뜻인데, 그는 이를 욥기 해석과 연관짓는다. 지젝의 해석에 의하면, 우리는 욥기에서 전능한 신을 대면하지 못한다. 신은 모든 것을 해결해주는 그 너머의 궁극적 실체가 아니다. 그리고 욥의 서사가 예수의 수난에서 반복될 때 신의 무능함이 더욱 명확히 드러난다. "나의 하느님, 나의 하느님, 어찌하여 나를 버리셨나이까?"[18]라는 예수의 탄식으로부터 신을 그 자신으로부터 분리시키는 간극이 탄생하게 되며, 바로 이 어긋남, 또는 하나를 온전히 하나가 되지 못하게 방해하는 극소차이가 구원의 시간이 드러나는 틈이다. 지젝은 하나를 둘로 보존하는 내면의 실재적 어긋남이 진보의 동력이라고 설명하는 듯한데, 여기서 문제는 욥과 예수의 경우에 상정되는 신의 위치가 정지되어 있다는 점이다. 지젝의 설명대로라면 신은 욥기에서도, 그리고 예수의 수난에서도 모두 무능하다. 오히려 후자가 전자의 상황을 구체화시키고 있는 셈이다. 하나와 하나 속의 균열에 의해 신은 애초에 전능할 수 없었다는 것인데, 이러한 방식으로 극소차이 자체에 초점을 맞추게 되면 신이라는 이념은 규제적 이념이라기보다는 내적 대상, 즉 구성적 원리로 변하게 된다. 지젝이 실제로 신의 행동을 판단하고 있지 않은가? 극소차이가 비롯되는 어긋남 자체가 강조될 때 우리는 다시 방향성을 잃게

---

18) 마태복음 27장 46절 '신약성서' 편, 『공동번역 성서』, 대한성서공회, 1986, 60쪽 참고.

된다. 『시차적 관점』[19)에 이르러 아무것도 하지 않는 바틀비적 주체가 탄생하는 것은 이상한 일이 아니다. 이 지점에서 우리가 이와 비교해볼 만한 서사는 융의 욥기 해석이다. 융의 서사는 우리에게 다시 하늘의 법과 도덕률에 대해 논할 수 있는 장을 제시한다.

카를 구스타프 융은 『욥에게의 회답』[20)에서 욥을 신보다 우월한 인간으로 간주한다. 욥은 신이 자신을 이해했던 것보다 더욱 정확히 신에 대해 알고 있다. 신은 어떻게 피조물인 인간이 더욱 월등한 지식을 가지고 있는지 이해하지 못했으며, 예수의 탄생은 신이 그 해답을 찾는 한 방식이었다. 신은 인간으로서 욥의 고통을 온전히 체험하게 되며, 마지막 순간 "나의 하느님, 나의 하느님, 어찌하여 나를 버리셨나이까?"라는 외침으로 욥에게 응답하고 있다. 인간을 경험하고 대극의 합일을 이룬 신은 구약의 신 너머의 경지로 고양된다. 이와 같은 융의 해석에서 중요한 것은 욥이 신의 법에 대해서조차, 그것이 부당할 경우, 질문을 한다는 것이다. 그것은 인간이 거스를 수 없는 한계, 즉 아테를 가로지르는 행위이기도 하다. 욥은 하늘의 법으로 부과된 강제에 대해 질문했으며, 이 절실한 질문을 통해 그는 구성적 원리로서의 하늘의 법을 실천적 자유와 도덕적 행위를 가능하게 만드는 규제적 이념으로 되돌리고 있다. 우리는 지금까지 우리의 행동과 사유를 규정하는 모든 틀에 대해 질문하고, 내적, 외적 자유를 제한하는 모든 강압적 요소들에 저항해야

---

19) 슬라보예 지젝, 『시차적 관점』, 김서영 옮김, 마티, 2009.

20) C. G. Jung, *Answer to Job*, trans. R. F. C. Hull, London: Routledge, 2002.

한다고 주장해오지 않았는가? 융의 용기 해석은 만약 신의 명령 자체가 하늘의 법과 어긋난다면 그것에 대해서도 질문하여 신 자신이 하늘의 법을 따르도록 만들어야 한다는 것을 말해주고 있다. 이것은 우리가, '가만히 있으라'라는 내부/외부의 목소리에 저항하기 위한 전제이기도 하다.

나오며: 저항의 일상화를 위하여

주디스 버틀러가 『전쟁의 틀』[21]에서 지적하듯이, 『안티고네』는 공공의 애도에 대한 차별적 배분이 정치적 문제임을 지적하는 작품이다. 그녀는 애도할 만한 생명과 애도되지 않는 생명을 나누는 선, 보호할 만한 생명과 보호받지 못하는 생명을 분리하는 선이 어떤 종류의 규범/틀/벽에 의해 우리에게 강제되는지 질문해야 한다고 강조한다. 이러한 질문에 뒤따르는 것은 생명이 가능해지는 조건을 지켜내기 위한 우리의 '윤리적 결정'과 '정치적 책임'이다. 세월호 참사는 우리가 선령 제한 규제 완화라는 신자유주의적 조치를 막아내지 못했을 때 이미 예견된 사고였다. 문득 유사한 경고들을 감지했던 지난 2012년이 떠오른다. 후쿠시마 원전 사고가 발생한 지 1년이 안 된 2012년 2월 9일, 고리 원전 1호기에서 전력 공급이 완전히 중단되는 사고가 일어났다. 고리 원전 1호기는 1978년에 처음 가동되어 이미 설계 수명 30년이 초과되었으나,

---

21) J. Butler, *Frames of War*, London: Verso, 2009.

2008년 1월 10년 수명 연장 허가를 받아 재가동되었다. 이유진 녹색당 공동 정책위원장의 설명에 따르면 2012년까지 국내에서 일어난 441건의 핵발전소 불시 정지 사고들 중 108건이 고리 원전 1호기에서 발생했고, 폐기 대상 부품 납품 등 각종 원전 관련 비리와 사고 은폐 등의 문제가 불거졌지만 2012년 7월 4일 원자력안전위원회는 고리 원전 1호기의 재가동을 허가했다. 사실 그전에도 우리는 날카로운 경고음을 들을 수 있었다. 2011년 12월 13일에는 울진 원전 1호기가, 12월 14일에는 고리 원전 3호기가, 그리고 2012년 1월 12일에는 월성 원전 1호기가 냉각재 펌프의 오작동으로 발전이 중단됐었다.[22]

세월호 참사는 우리가 결코 우리에게 부과된 윤리적 결정과 정치적 책임을 회피할 수 없다는 것을 알려주었다. 절실함과 다급함으로 아테에 이르러 각자의 촛불막을 이어내고 함께, 경계를 횡단하는 질문을 제기하여 상징계의 중심에 변화의 기운을 불어넣어야 한다. 그 시작은 일상에서 질문들을 시작하는 것이다. 우선 나를 정의하는 과거의 구조들에 대해 질문해야 한다. 내가 포획되어 있는 구조, 나를 가두는 구조를 둘러보고 그것으로부터 탈출할 수 있는 문을 찾아야 한다. 그 이후에야 비로소 우리는 외적 제한들에

---

22) 밀양 송전탑의 진실에 대해서는 하승수 녹색당 공동 운영위원장의 오마이TV 강연과 인터뷰(http://omn.kr/58id)를, 또한 후쿠시마 대재난 이후, 방사능으로 오염된 땅에서 살아 있으나 죽은 자로 살고 있는 낙농업자들의 현 상황에 대해서는, 사고 이후 팔백 일 동안의 시간을 기록한 토요다 나오미와 노다 마사야 감독의 다큐멘터리 〈유언〉(2014)을 참고하라.

대해 질문할 수 있게 된다. 2014년 4월 16일 이전이었다면 잠자코 넘어갔을 일들에 대해 다시 생각해보아야 한다. 나 자신조차 놀랄 만큼 내 감정과 생각을 표출해야 한다. 마음과 몸이 불편한 상황에 대해 분석하고, 그것에 대해 소리쳐 말해야 한다. 그리고 하나씩 고쳐나가야 한다. 저항의 일상화, 그것만이 우리가 아이들에게 한 약속을 지키는 길이다. 우리는 현재 윤리적 필연을 대면해야 할 결단의 시간을 살고 있다.

김서영

1972년 출생. 이화여대 과학교육과 생물전공 졸업. 영국 셰필드 대학 정신과 심리치료연구센터에서 「라캉의 주체와 벤야민의 변증법적 이미지」로 박사학위 취득. 현재 광운대 교양학부 교수로 재직중. 저서로 『영화로 읽는 정신분석』 『프로이트의 환자들』 『내 무의식의 방』 『프로이트의 꿈의 해석, 무의식에 비친 나를 찾아서』, 옮긴 책으로 『라캉 읽기』 『에크리 읽기』 『시차적 관점』이 있다.

홍철기

세월호 참사로부터
무엇을 보고 들을 것인가?

공적인, 너무나 공적인 무능력

우리가 지켜본 것은 무능력의 광경이었다. 그것도 집단적이고 총체적인 무능력이었다. 삼백 명이 넘는 승객이 구조되지 못한 상태에서 손도 써보지 못하고 침몰한 (혹은 침몰하도록 내버려진) 세월호의 비극은 처음부터 끝까지, 혹은 아직도 결코 끝나지 않고 계속되고 있으며 그래야만 하는 현재의 시점에 이르기까지, 어떻게 무능력 이외에 다른 말로 묘사할 수 있겠는가? 실종자 수색 이외에는 어떤 유효한 조치도 취해지지 않았고, 아무도 공적 책임을 지지 않고 있다. 참사 발생 이전에 이미 그것을 막을 수 있었던 기회와 징후 들은 놓치거나 무시되었고 (이제는 참사의 성격을 규정하는 상징이 되어버린) '가만히 있으라'는 선내 방송에 이르기까지 책임자는 어디에도 없었다. 선내에 남겨진 생존자를 전혀 구해내지 못한 것은 물론이거니와, 이 전체의 무기력하고 무능력한 과정이 어떻게 가능했는지를 밝혀내기 위한 진상규명의 실질적인 절차의 개시뿐만 아니라 절차 자체에 대한 결정도 내리지 못하는 집단적인 이중의 무능력. 무엇보다도 책임을 지는 사람도 책임을 물을 수 있는 사람도 나타나지 않는 총체적 무능력이야말로 참사의 규모만큼이나 우리에게 강하게 각인되어 있다. 이는 단지 안전이 부재한 사회와 책임지지 않는 국가의 문제에 한정되지 않는다. 해운업체와 감독기관의 사고에 대한 책임, 그리고 재난 상황에 대한 공권력과 행정기구의 대응 실패의 원인과 책임은 당연히 밝혀져야 한다. 그럼에도 불구하고 세월호 참사를 통해 우리 눈앞에 펼쳐진 무능력한 광경은 여기에서 끝나지 않는 것 같다. 무엇보다도 이 비극은 단지 하나의 고립된 사건이거나 극히 우연하게 발생한 사고라기보다는 한국사회의 심연으로부터 수신된 구조신호이기도 하다는 점을 무시할 수 없다. 이 신호는 우리에게 매우 가깝고 익숙했던 장면들과 모두 같이 목격하기에는 너무나 충격적인 무능력의 광경을 연결시킨다. 우리는 이 무능력을 직시하고 그 정체를 규명해내야 한다. 이 연관성 때문에 혹자는 아렌트의 말을 따라서 "악의 평범성"에 대해 말하고 싶을지 모르겠다.[1] 그러나 차라리 '우리' 자신을 결코 예외로 둘 수 없는 만연한 무능력에 대해 말해야 하는 것이 아닌가 생각된다.

---

1) 한나 아렌트, 『예루살렘의 아이히만―악의 평범성에 대한 보고서』, 김선욱 옮김, 한길사, 2006.

그것은 전면적인 동시에 공공적인 성격의 무능이라는 의미에서 '우리'의 무능력이다. 뒤집어 말하면 그것은 정치적 동물로서 우리에게 있어야 할 공적 능력의 총체적인 부재, 혹은 상실에 가까운 어떤 것이다. 이 무능의 주체가 '우리'라고 할 때, 그것은 단지 한국 사회에 살고 있는 개인들의 총합이 아니다. 그것은 시민 전체의 사회적인 동시에 공적인 신체의 얼굴이자 그 이름으로서의 '우리'이다. 여기서 무능의 주체를 특정 개인이나 집단이 아닌 공동체 전체로 놓을 때, 마치 우리가 모두 반성할 문제라는 식으로 말함으로써 해운업체와 당국의 법적·정치적 책임 소재의 문제를 상대화하거나 희석하려는 의도는 전혀 없다. 오히려 그 사태를 직시하고 진상을 규명하면서 그에 대한 대안을 구축해야 하는 주체가 '그들'이 아니라 '우리'라는 보다 적극적인 정치철학이 필요하기 때문이다. 당연히 세월호가 침몰하는 광경에서 국가는 부재했으며, 대한민국 사회는 관리되지 않는 '위험사회'라는 사실이 명백해졌다는 진술들이 모두 참이라는 점을 부정할 이유는 전혀 없다. 그러나 이러한 진단만으로는 우리의 공적 능력 상실의 원인과 그 결과들을 보다 큰 그림에서 조망하기 어렵다고 판단된다. 특히 우리의 공적 생활의 핵심을 이루는 동시에 '민주주의의 민주화'에 있어서 중심이 되는 정치적 책임과 공적 제도가 심각하게 겪고 있는 점진적인 붕괴와 부패, 즉 '사유화privatization'의 문제는 그 범위 밖에 남겨지기 때문이다. 우리 시대에 가장 두드러진 사유화의 양식은 주로 신자유주의라 불려왔다. 세월호 참사와 신자유주의 사이에는 분명 눈에 보이는 인과관계가 존재한다. 세월호처럼 낡고 구조상 전혀 안전하지 않은 배를 아무렇지도 않게 운행할 수 있도록 허용한 것과 같은 규제 완화의 정책기조나, 해경이 실질적인 구조활동을 포기하면서까지 사기업에 자신들의 공권력과 임무를 이전한 것과 같은 공공 부문의 민영화는 신자유주의적 사유화의 가장 잘 보이는 표면을 이룬다. 게다가 국가의 축소와 시민사회의 시장화에 의해 인간 생명이나 공동체의 안전과 같은 규범적 가치들이 물질적 이윤에 종속되는 과정이 가속된 것 또한 신자유주의에 기인한다. 그러나 신자유주의의 사유화는 여기서 끝나지 않는다. 2008년의 금융위기를 기점으로 신자유주의의 앞서 언급되었던 측면들에 대한 부정적이고 비판적인 평가는 더이상 소수 의견이 아님이 명백해졌다. 국가를 시장으로 치환하고자 했던 신자유주의의 가시적인 수준에서의 실패는 분명해졌다. 그러나 신자유주의는 다른 곳에서 성공했다. 대안 부재가 합쳐진 결과 사유화가 가장 근본적인 수준에서 진행된 곳은 바로 사회였다. 오히려 사유화가 가장 성공적이었던 동시에 아직 이 사유화를 돌려놓을 대안이 분명치 않은 영역은 바로 주체성과 사회적 관계다. 신자유주의는 우리의 거의 모든 것을 사유화했다. 공적 능력이 결여된 주체성의 효과적인 생산은 사회적 관계에 대한 사유화와 분리될 수 없다. 정부 정책 수준에서의 신자유주의의 실패가 명백해졌음에도 불구하고 우리가 그것을 쉽게 극복하지 못하고 유력한 대안을 보여줄 수 없는 이유도 우리 자신이 사유화된 주체성으로 구성되어 있기 때문일 것이다. 그리고 우리가 지금 목격하고 있는 무책임과 무능의 광경이 존재론적인 수준에서의 사유화의 결과들과 무관하다고 생각할 수는 없다.

신자유주의와 사유화된 주체성

사적으로 극히 유능하도록 요구받지만 공적인 능력은 완전히 결여된 주체성을 생산하고 그에 고유한 사회적 관계를 산출한다는 의미에서 신자유주의란 '정치'가 '경제'에 의해 대체되는 기획일 뿐만 아니라 보다 본질적으로는 '경제적인 것'이 '정치적인 것'의 자리에 오르게 되는 "통치의 패러다임"이기도 하다.[2] 우리는 정치가 경제에 의해 대체된다는 말의 의미를 잘 알고 있다. 정치와 경제는 문화, 예술, 사회, 기술처럼 인간 활동의 다원적 영역들 중 특정하게, 그리고 가장 가시적으로 '정치' 혹은 '경제'라고 부를 수 있는 대상 영역을 지칭한다. 이런 점에서 경제가 정치를 대체한다는 것은 경제 영역으로부터의 국가의 후퇴, 그리고 정치와 사회 영역을 경제의 논리에 종속시킨다는 의미일 것이다. 이제 국가로부터 자율적인 시민사회는 시장으로 대체되거나 그와 동일시된다. 그렇다면 경제적인 것이 정치적인 것의 자리를 차지하게 된다는 말은 무슨 의미일까? 정치적인 것은 정치의 존재론적 조건, 혹은 토대를 의미한다. 그것은 특정 행위나 활동을 '정치적'이라고 표상하는 동시에 이에 '정치적' 성격을 부여하기 위한 조건으로서의 '기준'을 뜻한다.

---

2) 신자유주의가 단지 정치의 경제화, 혹은 사회의 시장화가 아니라 정치적인 것이 경제적인 것에 의해 대체됨으로써 특정한 주체성을 생산하는 권력이라는 정치철학적 분석에 대해서는 다음 책의 제1부를 참조하라. 사토 요시유키, 『신자유주의와 권력 — 자기-경영적 주체의 탄생과 소수자-되기』, 김상운 옮김, 후마니타스, 2014. "통치의 패러다임"에 관해서는 다음 책의 제1장을 참조하라. 조르조 아감벤, 『예외상태』, 김항 옮김, 새물결, 2009.

인간의 다양한 집합적 행위와 관계 들을 정치적이거나, 혹은 비정
치적이라고 "표상"하는 동시에 이 관계에 "개입"하여 이를 같은 방
식으로 재조직할 수 있는 기준이 바로 정치적인 것에 의해 제공된
다.[3] 그것은 사회관계를 파악하고 다원적 영역들로 범주화하는 우
리의 사고방식을 구성하는 동시에 같은 방식으로 사회관계를 조직
화하고 재편하는 근거가 된다.[4] 이렇게 봤을 때, 신자유주의는 고
전적인 경제 자유주의의 연장선상에서 사회를 오직 시장으로만 표
상한다. 그러나 또한 그와 달리 자유방임 원리에 따라 '보이지 않는
손'의 조화에 의존하면서 사회에 개입하지 않는 권력을 원하지 않
는다. 신자유주의는 오히려 이러한 표상에 의거하여 사회가 재편되
도록 적극적으로 개입한다는 점에서 "경제적인 것에 의한 통치"다.[5]
바로 이런 의미에서 신자유주의는 경제적인 것이 곧 정치적인 것이
되도록 만든다. 이와 같은 대체의 가장 명백한 결과는 공공영역의
민영화 내지는 사유화에 그치지 않고, 바로 '자기 경영'이나 '자기
계발'이라는 익숙한 말들이 나타내듯이 주체성 자체의 사유화이자

---

3) 과학철학과 인식론에서 "표상하기"와 "개입하기"의 구분에 대해서는 다음을
참조하라. 이언 해킹, 『표상하기와 개입하기─자연과학철학의 입문적 주제들』,
이상원 옮김, 한울, 2005.

4) 정치적인 것은 정치와 경제 등의 다원적 영역들로 구성된 '사회의 존재론적 차
원', 혹은 '사회의 조직화의 차원', 혹은 '사회의 자기-조직화'로 정의된다. Pierre
Rosanvallon, *Pour une histoire conceptuelle du politique*, Paris: Seuil,
2003; Oliver Marchart, *Post-Foundational Political Thought: Political
Difference in Nancy, Lefort, Badiou and Laclau*, Edinburgh: Edinburgh
University Press, 2007.

5) 사토 요시유키, 같은 책, 32쪽. 강조는 원문에 따름.

사유화된 주체성의 생산으로 확장된다.

주체성의 사유화를 통해 우리가 잃어버리게 되는 공적 능력이란 무엇인가? 그것은 공적으로 행동하고 말할 수 있는 능력이다. 아렌트가 말했듯이 그것은 나와 동등하지만 또한 나와는 다른, 즉 평등하면서도 다원적인 동료 시민들 앞에 자신의 '모습(혹은 '현상')'을 드러내면서 행동하고 발언할 수 있는 능력이다.[6] 아렌트의 정의가 지나치게 고대 그리스 폴리스의 모델에 의존하고 있다는 느낌이 든다면 우리는 공적 능력의 정의를 다음과 같이 업데이트할 수 있을 것이다. 공적 능력이란 동등하고 다원적인 동료 시민들 대다수 앞에 자신의 모습을 드러냄으로써 그들의 눈과 귀에 노출될 것을 전제로 하여, 혹은 그러한 가능성을 감수하면서도 말하고 행위하는 능력이다. 그리고 이처럼 시민들이 자신의 모습을 나머지 전체 시민들 앞에 드러내는 곳이 곧 공적 공간이다. 20세기를 살았던 아렌트에게 '전체주의'가 이와 같은 공적 능력과 공간을 가장 효율적으로 제거한 체제였다면, 21세기의 우리에게는 바로 신자유주의가 있다. 신자유주의는 전체주의와는 전혀 다른 방식으로 우리의 주체성으로부터 공적으로 행동을 보여주고 발화하는 능력을 퇴화시키면서 인간의 정치적 실존의 다원적 조건을 오직 사유화된 표상과 행동양식에 따라서 판단하고 활동하는 일로 지속적으로 환원시켜왔다. 이러한 상황에서 책임의 공적인 관계가 수립될 수 있을 리 만무하다. 우리가 잃어버린 공적 관계란 우선 무엇보다도 공적으로 말하

---

6) 한나 아렌트, 『인간의 조건』, 이진우·태정호 옮김, 한길사, 1996.

고 들을 수 있는 관계이자 그에 필요한 능력이다. 평등한 타인들 앞에 자신의 모습을 드러내서 행동하고 발언할 수 있는 공적 공간이 우리에게 부재할 수밖에 없는 이유를 엄기호는 우리가 "서로 징징거리는 소리만 하고 있기 때문"이라고 지적한다. 말하자면, "자신의 사적인 경험을 자기만의 고통으로만 말할 줄 알지 남들도 들어줄 만한 '공적인 이슈들을 다루는 언어'로 전환해내진 못한다"는 것이다. 그런데 "또한 이를 뒤집으면 우리는 남들의 이야기를 공적인 이야기로 들을 줄 모른다는 뜻도 된다. 말하는 입이나 듣는 귀나 모두 사적인 것을 공적인 것으로 번역해내는 능력이 없는 셈이다". 주체성의 사유화에 의해 초래되는 가장 심각한 결과는 언어, 혹은 의사소통 관계 자체의 사유화인 것이다. 사유화된 의사소통의 관계에서 각자의 경험의 복합성은 그것을 말하는 자신에게도, 이를 듣는 타자에게도 모두 사적인 측면으로 환원되어 표상될 뿐이다. "우리에게 부재한 것은 실존적 관계의 단절이 아니라 사적인 경험을 공적인 언어로 전환하는 관계의 부재"이며 "그 결과 남는 것은 (……) 지극히 사사로운 관계 혹은 동일한 관계다. 대신 그 자리는 힐링이니 상담이니 하는 말로 사적인 것을 더 사적인 것으로 취급하고 소비하는 그런 '시장'의 팽창이 대신한다".[7]

하지만 공적 능력의 상실은 단지 언어적인 의사소통에만 한정되지 않는다. 공공 공간의 상실과 의사소통의 사유화의 와중에서 우

---

7) 엄기호, 『단속사회―쉴새없이 접속하고 끊임없이 차단한다』, 창비, 2014, 26~27쪽.

리는 '공적으로 보여주고 보는 능력' 또한 잃어버렸다. 이는 우리가 자기 자신의 경험과 그 경험이 발생하는 광경, 그리고 그 광경에 등장하는 사람들 및 이 경험을 들어줄 다른 사람들 모두를 공적으로 바라볼 수 있는 시각을 결여하고 있다는 의미이다. 공적 시각의 결여는 앞서 말한 공적 언어의 상실보다 더 근원적인 문제일 수 있다. 세계와 사물 그리고 타자와 자신을 바라보는 시각이 사유화된 사람이 어떻게 타인과의 관계에서 공적으로 말하고 듣는 능력을 발휘할 수 있겠는가? 이러한 이중 무능의 상황에서 누가 어떻게 공동체 구성원 전체, 혹은 대다수와 관련된 사안이나 쟁점을 동료 시민들에게 공론화할 수 있겠는가? 지난 7월 2일에 있었던 국회 국정조사에서 밝혀진 하나의 사실은 특히 우리의 관심을 끈다. 세월호 참사 당일 오전에 청와대가 대통령에게 보고하기 위한 목적으로 해경 상황실에 집요하게 현장 영상을 요구했다는 것이다. 물론 이는 매우 지엽적인 에피소드이기는 하지만 우리의 공적 시각의 결여, 혹은 정치적 시각의 사유화라는 전체 상황을 잘 요약해주고 있다. 이 장면의 의미는 단지 관료제적 형식주의나 대통령 및 그 보좌진에게만 해당하는 특이한 관행으로 환원되지 않는다. 오히려 이는 한국사회에서 결정권을 갖고 있는 엘리트(통치자)뿐만 아니라 시민들(피치자)에 의해서도 공유되고 있는 시각적 의사소통 관계의 양상을 대변한다. 청와대 관계자가 해경에 생존자 수색과 구조를 위한 체계적인 지휘권을 행사하기보다는 현장에서 촬영된 동영상을 요구했다는 사실은 우리 사회에서 공직자와 공적 제도가 사태를 바라보고 감각적으로 규정하는 방식을 드러낸다. 사태의 '모습'은 지금 눈앞에 보이는 것, 즉 동영상의 투명한 이미지로 환원된다. 짐작건대, 이 동영상을 첨부한 보고, 혹은 '프레젠테이션'은 보고하는 사람이나 보고받는 사람 모두에게 사태가 총체적으로 파악되었고, 따라서 상황도 완전히 통제되고 있다는 확신을 줄 것이다. 동영상 보고가 이루어지는 자리에서 불확실성과 불투명성은 보지도, 듣지도, 말하지도 말아야 할 대상이 될 것이다. 이는 공적이어야 하는 자리에서 구현되는 시각성의 사유화의 가장 순수한 형태다.

철학자 한병철은 '이미지에 의해 매개된', 이같이 극도로 피상적이며 형해화된 사회관계의 총체를 "투명사회"라고 명명한 바 있다.[8] '이미지의 총체'가 아닌 '이미지에 의해 매개된' 사회관계란 물론 기 드보르의 '스펙터클의 사회'의 정의이다.[9] 그리고 그의 정의는 한병철이 쓴 다음의 구절들과 강하게 공명한다. "전시가치의 절대화는 가시성의 폭정이라는 결과로 나타난다. 문제는 이미지의 증가 자체가 아니라 이미지가 되라는 강압에 있다. 모든 것이 가시화되어야 한다. 투명성의 명령은 가시화의 압력에 순응하지 않는 모든 것을 의심한다. 그 점에서 투명성은 폭력적이다."[10] 투명사회의 본질은 '눈앞에 이미 현시되고 있는 것', 혹은 '지금 내게 보이는 것'으로 사회 전체가 환원된다는 점이다. 투명성이 정치적이고 공적인 능력, 그리고 모든 윤리적 미덕을 대신하는 사회에서 부정성, 비밀, 거리 등은 모두 사라진다. 그런 점에서 투명사회는 무엇보다도 "긍정

---

8) 한병철, 『투명사회』, 김태환 옮김, 문학과지성사, 2014.

9) 기 드보르, 『스펙터클의 사회』, 유재홍 옮김, 울력, 2014.

10) 한병철, 같은 책, 35쪽. 강조는 원문에 따름.

사회"의 모습을 띨 수밖에 없다고 한다.[11] 긍정사회로서의 투명사
회에서 보이지 않는 것, 들리지 않는 것은 글자 그대로의 의미에서
존재하지 않는 것, 부재한 것이 된다. 즉각적으로 보이거나 들리지
않기 때문에, 그 정체를 파악하기 위한 감각의 끈질긴 노동이 요구
되는 애매하고 모호한 대상들은 거짓이자 위협이 되며 비윤리적인
것으로 죄악시된다. 투명사회와 시각의 정치적이고 공적인 가능성
을 동일시할 수 없는 이유가 바로 여기에 있다. 온전한 의미의 시각
성과 대립하는 것은 오히려 투명사회 자체다. 우리의 공적인 세계와
마찬가지로 복합적인 관계들을 통해 매개되고 구성된 다층적인 가
시성은 투명성의 적이다. 사유화된 주체는 이러한 불안정한 가면을
견뎌내지 못하며, 사태의 광경을 그 배후에 있는 논쟁의 여지가 없
는 객관성과 진정성의 실재로 환원하고자 한다.[12] 이런 점에서 투
명사회는 자크 랑시에르가 말한 치안의 논리를 닮아 있다.[13] 치안
의 논리에 따르면 사회에서 그 모습이 보이지 않고 그 목소리가 들

11) 같은 책, 13쪽.

12) 공적 공간의 핵심으로서의 '보이고 보는' 관계로서의 현상, 혹은 모습의 개념
은 인격, 얼굴, 가면, 모습의 의미를 모두 갖고 있는 라틴어 '페르소나(persona)',
그리고 가면을 의미하는 고대 그리스어 '프로소폰($\pi\rho\acute{o}\sigma\omega\pi o\nu$)'과 매우 긴밀하
게 연결되어 있다. 아렌트에 따르면 시민의 공적인 실존은 언제나 이 가면에 의존
하며 이 가면을 거짓으로 간주하여 벗기고 나면 진정성의 얼굴이 드러나는 것이
아니라 얼굴이 없는 자연인, 혹은 벌거벗겨진 생명만이 남는다. 그리스어에서 위
선자의 어원이 되는 '히포크리테스($\acute{u}\pi o\kappa\rho\iota\tau\acute{\eta}\varsigma$)'가 가면이 아닌 가면을 쓴 배우
자신을 뜻한다는 점도 이와 관련하여 결정적인 의미를 갖는다.(한나 아렌트, 『혁
명론』, 홍원표 옮김, 한길사, 2004, 194~195쪽)

13) 자크 랑시에르, 『정치적인 것의 가장자리에서』, 양창렬 옮김, 길, 2008.

리지 않는 사람들, 그리고 눈에 띄지 않고 소리가 들리지 않는 사건과 사물 들은 애초에 존재하지 않는다. 우리의 눈에 보이지 않고 그 소리가 들리지 않는 관계와 인과성, 그리고 연결망이란 처음부터 없는 것이다. 그런 점에서 투명사회, 혹은 치안이란 보이는 것과 보이지 않는 것 사이의 논쟁의 여지가 없는 완벽한 분할을 그 이상으로 삼는다. 신자유주의는 투명사회의 치안이라는 측면에서는 오직 사유화된 영역만을 가장 투명한 가시성의 범위에 남겨두며 공공성을 보이지 않는 사회의 그림자 속에 버려둔다고 할 수 있다. 이러한 투명사회의 치안의 논리하에서는 모든 논쟁적인 외부는 사라진다. 혹은 사라졌다고 선언된다. 따라서 법치에 대한 왜곡된 강조에서 짐작할 수 있듯이 정치적 책임은 사법화를 겪는다. 법적인 처벌을 받지 않으면 정치적 책임도 존재하지 않는다는 식의 논리 전도는 책임의 탈정치화의 가장 명확한 징후다. 동시에 '제도'는 '조직'의 형태로의 부패를 겪는다. 제도의 권위는 정당성에 그 근거가 있으며 정당성이란 언제나 제도 안팎의 관계로서만 존재한다. 예를 들어 정부의 정당성은 정부로 포섭되지 않는 국민의 의사에 근거를 둔다. 그러나 투명사회에서 제도는 공식적이든 비공식적이든 간에 외부와 내부를 연결하는 절차로 작동하기보다는 불확실한 외부를 배제하고 적대시하는 조직이 된다. 공적 제도에서조차 책임을 묻기 위해서는 점점 더 내부 고발자에게 의존하거나 직접적인 희생자가 발생하는 사건들을 통해야만 한다는 현실이 바로 이러한 경향을 반영하고 있다. 이러한 상황에서 공직자들과 공적 제도가 조직 외부의 시민들과 사회를 오직 이기적 개인들과 반정부 세력이라는 두

가지 범주로만 시각화하는 무능력을 보여주는 것은 크게 놀라운 일이 아닐지 모른다.

공공성의 정치미학

세월호 참사 유가족의 양태를 사적인 당사자로만 규정하려는 시도들은 모두 이와 같은 투명성의 정치미학—혹은 반정치미학 내지는 탈정치미학—논리에 매몰되어 있다고 할 수 있으며, 이는 우리의 공통의 무능력과 책임의 부재 상황을 가장 잘 표상하고 있다. 세월호 참사를 그저 규모가 큰 교통사고로 치환하려는 사고방식, 혹은 유가족에 대한 보상 문제나 생존 학생의 대학특례입학 내지는 희생자의 의사자 지정에 관한 쟁점으로 논의의 방향을 바꾸려는 시도들은 그 배후의 정치적 의도와 함께 투명성의 폭력이라는 측면에서 비판되어야 한다. 이렇게 되면 세월호 유가족은 사건의 직접적이고 사적인 당사자로 환원되고, 이 참사의 인과관계는 가장 논쟁의 여지가 없는 연결망들로 한정된다. 이때 토론과 논쟁이 불확실하고 불투명한 영역으로 확장되거나 그 공적 성격이 증폭될 가능성은 차단되게 된다. 그것은 정치적인 동시에 미학적이고 인식론적인 치안행위다. 왜냐하면 투명성의 지배는 단지 정치의 공간만을 축소시키지 않기 때문이다. "투명성과 비매개성은 정치뿐 아니라 과학에도 해롭다. 이는 과학과 정치 모두를 질식"시킨다.[14) 투명성

---

14) 브뤼노 라투르, 「현실정치에서 물정치로—혹은 어떻게 사물을 공공적인 것

의 폭력은 과학기술적 쟁점에 관한 공적·사회적 논쟁 또한 중단시킨다. 투명성의 관점에 선다면 광우병의 발병과 전염의 원인이 되는 프리온 단백질의 실체, 후쿠시마 사태 이후 문제가 되고 있는 저농도 방사능이 인체에 미치는 영향, 천안함 사건의 원인에 대한 다양한 가설들, 혹은 해저 구조활동에서의 '다이빙 벨'의 유효성에 대한 논란 등은 이론의 여지가 없는 사실을 상대화하는 단편적인 주장에 불과하며, 이에 대한 논의는 음모론이나 괴담, 혹은 '사회적 혼란'을 조장하기 위한 분명한 정치적 의도에 의한 것으로 보이게 된다. 그러나 우리는 더이상 불투명하고 불확실한 인과관계들을 전적으로 배제하면서 과학적 논의, 혹은 더 정확하게 말해서 사회-기술적 논의들을 정교한 수준에서 전개할 수 없는 상황에 놓여 있다. 당면한 쟁점과 분명 연관되어 있기는 하지만 아직 명확하지 않은 복잡하고 어지러운 인과관계를 추적해야 할 때, 우리가 이미 명백하게 눈앞에 무매개적으로 제시된 "사실의 문제"만으로 접근한다면 우리의 공적 무능력은 가중될 뿐이다. 오히려 우리는 이를 끈질기게 추적해야 할 "관심의 문제"로 생각해야 한다.[15] 그러지 않고 어떻게 해운산업과 감독 당국의 유착관계의 문제와 선원들의 노동조건 및 형사적 책임에서부터 세월호 침몰의 직접적인 기술적 원인과 국가재난대응체계, 공권력과 행정조직의 총체적인 무능에 이르기까지의 어지럽게 뒤엉켜 있는 실타래와도 같은 세월호 참

_____

으로 만드는가?」, 『인간·사물·동맹—행위자네트워크 이론과 테크노사이언스』, 홍성욱 엮음, 이음, 2010, 273쪽.

15) 같은 책, 271쪽.

사의 실상을 장기적인 관점에서 묘사할 수 있겠는가? 아직 완전히 가시화되지 않은 이질적 원인들의 목록을 어떻게 명백하게 눈앞에 보이는 것에만 의존하여, 투명하게 파악되는 것들 이외에 모든 것을 배제하면서 온전하게 작성할 수 있겠는가?

이처럼 공적으로 말하고 듣는 관계뿐만 아니라 보이고 보는 관계를 대칭적으로 지각하고 이에 대해 논의할 수 있을 때에만 비로소 우리는 책임을 지고 물을 수 있는 능력을 회복할 수 있게 될 것이다. 아렌트의 지적처럼 말과 행동이 결합되었을 때에만 비로소 책임(혹은 '약속')에 대해 이야기할 수 있게 된다.[16] (반대로 말이 결여된 행동은 폭력이 된다.[17]) 이는 단순히 자신의 말을 확신하고 있다는 점을 입증하기 위해 행동으로도 옮겨야 한다는 의미만은 아니다. 당연히 이 점 또한 중요하다. 행동 없이 말은 증명되거나 기억되지 못한다. 그러나 우리는 이럴 때조차도 행동이 그 결과를 예측할 수 없다는 점에서 '불확실성'을, 그리고 자신의 행동을 목격하고 있는 다른 동료 시민들에게 그것이 보이고 지각되는 방식을 통제할 수 없다는 의미의 '불투명성'을 전제로 한다는 사실을 결코 간과해서는 안 된다. 이같은 정치미학적 차원이 없다면 공적 능력에 관한 문제는 '확신에 찬 용기 있는 행동'의 의지주의와 '보편적 기준에 따라서 말하고 들어야 한다'는 의사소통적 합리성 사이에서만 무기력하게 진동하는 상태를 벗어나기 힘들 것이다. 우리는 언어에

---

16) 아렌트, 『인간의 조건』, 308~312쪽.

17) 같은 책, 239쪽 ; 『혁명론』, 83쪽.

대한 오래된 확신과 시각, 혹은 이미지에 대한 뿌리깊은 불신 때문에 의사소통 관계에서 말하기–듣기와 보이기–보기의 관계를 여전히 비대칭적으로 대한다. 하지만 이미지와 시각만큼이나 언어가 불투명하다는 사실을 인지하게 될 때, 우리는 두 가지를 대칭적으로 다룰 수 있게 될 것이다. 바로 이러한 대칭성에 입각할 때에만 우리는 신자유주의에 의해 사유화된 주체성과 주체들 간의 관계의 시각적 표현물인 투명성의 이데올로기를 온전하게 극복하면서 공적인 책임을 지고, 또한 책임을 물을 수 있는 능력과 관계를 복원할 수 있게 될지 모른다. 말이 결여된 투명한 가시성과 시각성의 지배는 폭력적이며, 결과에 대한 예측 불가능성이라는 행동의 본질이 전제되지 않은 말이란 애초에 책임질 수 없는 것이기 때문이다.

그렇다면 우리는 무엇에 대해 말하고 무엇을 보여줘야 하는가? 혹은 공공성의 관점에서 무엇을 보고 들어야 하는 것일까? 공적 능력과 관계들의 총체로서의 공적 공간은 어떻게 재구성될 수 있는가? 우리는 무엇보다도 공공성을 언제나 간접성의 관점에서 접근할 필요가 있다. 간접성의 관점이 요구되는 이유는 공적 주체성이란 오직 사안에 대한 간접 당사자라는 위치로부터 산출된다는 점에서 그렇다. 언제나 사적 주체는 특정 사안이나 쟁점에 대한 직접 이해 당사자이거나 그와는 아예 무관한 사람들이다. 그러나 (새로운 의미의) 공적 주체란 직접 이해 당사자와 이해 당사자가 아닌 사람들의 양극단 사이에 존재하면서 해당 사안 및 쟁점과의 다양하고 복잡한 관계를 맺는 사람들의 총체다. 이들을 우리는 '공중public'이라 부른다. 공중은 어떤 의미에서 간접 당사자인 동시에 공공성의 담지자가 될 수 있는가? 예를 들어 존 듀이의 말을 빌리면 두 행위자, 혹은 두 행위자 집단 사이에 행위, 혹은 교류가 일어났을 때, "우리는 교류에 직접적으로 연관되어 있는 사람들에게 미치는 결과들과 직접적으로 관계되지 않은 사람들에게 미치는 결과들이라는 두 가지 결과들이 있다고 말할 수 있다. 이러한 구분에 따를 때 사적인 것과 공적인 것 간의 구분이 가능해진다".[18] 특정 행위나 사건, 혹은 쟁점이 직접적인 당사자들에게만 영향을 미치는 경우에 그것은 사적인 관계이며, 이러한 사적 관계를 넘어서 불특정 다수의 간접적인 당사자들에 영향을 미치게 되면 그것은 공적 관계를 수립시킨다는 것이다. 이런 의미에서 "공중은 교류로 생긴 간접적인 결과들에 의해 영향을" 받는 모든 사람들을 뜻한다.[19] '간접적인 결과들로부터 영향을 받는다'는 말은 무엇보다도 자신이 연관된 직접적인 행위나 비위非違에 의해 발생한 결과들이 아닌 다른 결과들로부터 영향을 받는다는 뜻이다. 이런 의미에서 세월호 참사를 교통사고에 비유하는 것은 이 비극을 공적 재난이라기보다는 직접 당사자 각각의 과실을 파악하고 비교해야 하는 사적인 사고로 치부하려는 태도의 결과이다. 게다가 간접적인 결과들로부터 받는 영향이란 그 양상이 복잡하고 불명확한 어떤 것이다. 인과관계가 분명하게 표상되지 않았고, 따라서 그 결과들을 어떤 수단을 통해서 통제해야 하는지 알지 못한다는 뜻이다. 영향관계가 간접적이기 때문에

---

18) 존 듀이, 『현대 민주주의와 정치 주체의 문제—존 듀이의 민주주의론』, 홍남기 옮김, 씨아이알, 2010, 25쪽.

19) 같은 책, 27쪽.

원인 자체도 하나의 단일한 행위로 환원되지 않겠지만, 그 결과로부터의 간접적인 영향은 불특정 다수에게 미칠 것이며, 그 방식 또한 매우 다양하고 복합적일 것이라고 짐작할 수 있다. 이런 이유에서 1920년대 말 미국에서 공중의 문제로 듀이와 논쟁했던 월터 리프먼은 공중을 "유령phantom"과 같다고 묘사했다.[20] 공공성이란 바로 이렇게 다원적이고 복잡한 영향관계의 연결망들을 간접적 이해당사자들 스스로 투명성의 이데올로기에 의존하지 않으면서 시각화하고 언어화하는 사후적인 재현활동을 통해서만 다시 구축될 수 있다. 이러한 활동에 의해서만 우리는 직면한 사태에 개입하고 간접적 결과들의 영향에 통제력을 행사할 수 있는 행동방식과 수단 들을 선택하고 고안할 수 있게 될 것이기 때문이다.

우리는 여기서 신자유주의의 '거의 모든 것의 사유화'에 대해 이른바 '사회적' 대안들이 무기력할 수밖에 없었던 이유를 이해하게 된다. 사회는 그 자체로는 공적이지 않기 때문이다. 사회가 분명 개인이나 가족의 영역보다는 광범위한, 집단적인 인간관계의 총체인 것은 맞다. 그러나 개인과 가족을 탈피했다는 이유만으로 사회가 공적 성격을 획득하는 것은 아니다. 사회는 극단적인 경우에 직접적인 이해 당사자들의 관계의 연쇄만으로도 구성될 수 있기 때문이다. 존 듀이가 개인과 사회의 구분을 사적인 것과 공적인 것의 구분으로 전환하자고 제안한 이유도 여기에 있다. 이때 사회는 집단적·공동체적

20) Walter Lippmann, *The Phantom Public*, New York, Harcourt: Brace and Co., 1925.

성격을 갖지만 여전히 공적이라기보다는 사적인 채로 남게 된다. 그런데 신자유주의는 사회관계 자체의 사유화에서 가장 효율적이고 뛰어난 능력을 보여주었다. 이 점에서 순수하게 사회적인 기획은 비록 공동체가 당면한 문제에 대한 정치적 해결을 위한 의도에서 구상된 것이라 할지라도 주체성과 관계의 사유화에 대한 유력하고 설득력 있는 대안이 되기 힘들 수 있다. 왜냐하면 어떻게 사회적 기획이 공적 성격을 획득할 수 있는가 하는 문제에 대한 대답이 여전히 부재하기 때문이다. 게다가 보다 자유주의적인 관점에서 시민사회의 규범성에 의존하든, 아니면 보다 평등주의적인 관점에서 사회적 연대에 의존하든, 혹은 기존의 사회과학의 관점에서의 정치경제적 객관성에 의존하든, 순수하게 사회적이거나 사회학적인 대안들은 공통적으로 비가시적인 법칙성과 명백한 투명성이라는 모순적인 이분법의 딜레마를 벗어나기 힘들다. 공공 능력과 관계, 그리고 그 공간의 재구성에서 관건이 되는 '간접적 결과들'의 이질적이고 복합적인 연결망들의 중첩성은 여전히 불확실하고 불명확하게 잘 보이지 않고 잘 들리지 않는 영역에 남겨져 있다. 보편적 규범성이나 평등한 연대, 혹은 사회과학적 객관성은 공히 이들을 추상적이고 비가시적이며 비인격적인 법칙과 구조에 따라서 설명하면서 행위와 발언을 모두 설명된 인과관계에 종속시킨다. 그러나 현상으로부터 법칙성이 명확하게 발견되지 않을 때, 우리는 그 배후에 존재한다고 가정되는 진정한 원인과 실재로부터 상황을 투명하게 파악하려는 유혹에 빠진다. 우리의 공적 무능력이 바로 이러한 사회적 대안들의 실패라는 공백으로부터 자라났다고 한다면 너무나 과장된 주장일까? 물론 우리는 사회적 대안들과 완전히 무관하게, 순수한 의미의 정치적이고 공적인 대안을 구축할 수는 없다. (사회와 구분되는 의미에서의) '사회적인 것'은 이중의 의미에서의 불가능성을 나타낸다는 점을 이해해야 한다.[21] 한편으로 그것은 완전하게 파악하고 설명할 수 있는 사회적 인과관계들, 혹은 오직 직접적인 당사자들 사이의 사적 관계의 연쇄만으로 인간의 집합적 삶을 표상하거나 구성할 수 없음을 드러낸다. 동시에 사회의 마찰과 불투명성으로부터 완전히 분리되어 자유롭고 직접적이며 정치적인 것, 혹은 공적인 것의 공간적 실현을 가로막으면서 이같은 기획의 비현실성을 현시하는 한계지점이기도 한 것이다. 따라서 우리 자신의 무능력의 극복은 "사회적인 것을 정치적인 것으로 만드는" 공적 재현 행위와 그 실행과정에 그 성패가 달려 있다고 하겠다.[22] 물론 기존의 시민사회적 규범성과 사회적 연대, 그리고 사회과학적 객관성은 여전히 우리에게 필요하다. 그러나 이제 사회적인 것을 구성하고 표상해온 기존의 다원적 구성요소들은 '간접성'을 공적으로 재현하는 능력과 책임이라는 새로운 맥락하에서 재편되어야 한다.[23]

---

21) Bruno Latour, *Reassembling The Social: An Introduction to Actor-Network-Theory*, Oxford : Oxford University Press, 2007.

22) Nadia Urbinati, *Representative Democracy: Principles and Genealogy*, Chicago: University of Chicago Press, 2006. p. 24. 강조는 원문에 따름.

23) 재현의 책임은 "재현에 관한 재현"의 형태를 띤다.(W. J. T. Mitchell, *Picture Theory: Essays on Verbal and Visual Representation*, Chicago: University of Chicago Press, 1995. p. 423) 사회(적인 것)에 대한 공적인 재현의 경우처럼 재현 대상 자체의 불투명성과 불확실성은 더이상 재현을 대상에 대한 충실한 반

결론—왜 세월호 특별법이어야만 하는가?

마지막으로 논란이 되고 있는 세월호 특별법안을 둘러싼 세 가지 주요 쟁점에 관해 짧게 언급을 하는 것으로 결론을 대신하겠다.

첫째, 왜 피해자 단체가 주체가 되어 조사위원회가 구성되어야 하는가? 이에 대해서는 두 가지 근거를 들어 말할 수 있을 것이다. 우선 유가족 대책위원회는 피해 당사자이기는 하지만 단지 사적인 의미의 직접 당사자는 아니다. 유가족 대책위원회가 가장 확실해 보이고 직접적인 보상이나, 생존 학생의 특례입학, 그리고 희생자의 의사자 지정 등의 해결책을 거부했을 때, 더이상 피해자 단체는 사적인 직접 당사자가 아니게 되었다. 오히려 자신들이 직접 통제할 수 없고 성패가 불투명하지만 장기적인 관점에서의 공적 해결 방법을 제안함으로써 그들은 여전히 가장 직접적이기는 하지만 공적인 의미의 간접 당사자의 편에 섰다. 이는 그들이 곧 공공성의 인격적 담지자가 되었다는 말이 아니다. 그들이 진상 조사를 위한 특별위원회의 구성을 목표로 삼았을 때, 공공성을 회복하기 위한 절차와 과정이 시작되었다는 의미이다. 게다가 세월호 참사와 같은 재난이나 여타의 사회-기술적 쟁점이 중심에 있는 사안들처럼 사건의 인과관계 자체를 규명하는 것이 목적인 조사위원회에는 반드시 관련 당사자 개인이나 단체, 혹은 그들의 대표자가 참여해야 한

영으로만 정의할 수 없게 만든다. 이때 재현은 대상의 구성('무엇을 재현하는가?') 인 동시에 재현이 이루어지는 과정과 조건에 대한 또다른 재현('어떻게 재현하는 가?')을 포함해야만 하며, 바로 이를 통해 재현은 공적 책임의 문제와 연결된다.

다.[24] 그러지 않으면 정치인과 소수의 전문가들에 의해 별다른 논쟁 없이 조사가 이루어지고 결론이 내려질 가능성이 크다. 그리고 이러한 조사에서 논쟁이 벌어지지 않는다는 것은 인과관계에 대한 끈질긴 추적이 이루어지지 않는다는 것을 의미할 가능성이 높다. 그 경우 조사위원회는 전문가와 일반인 사이의 논쟁을 매개하기보다는 오히려 무책임하게 증폭시키게 될 것이다. 순수한 전문가 위원회 내부의 논의는 전적으로 객관적이며 합리적으로 간주되는 반면 외부에서 제기되는 모든 논쟁의 시도는 사회적 혼란을 부추기는 음모론 취급을 받는 사태를 피하기 힘들게 된다. 또한 이러한 위원회에서 정치인이나 정당은 애초에 유권자와 당원의 다수 의사를 대변할 뿐, 해당 사안의 당사자들을 유효하게 대변하지 못한다는 점도 반드시 고려되어야 한다.

둘째, 왜 조사위원회에 수사권과 기소권이 부여되어야만 하는가? 원칙적으로 본다면 독립된 특별조사위원회에 반드시 수사권과 기소권이 허용되어야 하는 것은 아니다. 그러나 이는 세월호 참사라는 사안의 특수성과 한국사회의 상황을 고려할 때 반드시 필요하다. 세월호 참사는 대규모의 희생자가 발생한 사건의 특성상 법적 책임을 묻지 않고 단지 안전과 사고와 관련된 기술적인 사항들만을 조사할 수는 없게 되었다. 법적이거나 정치적인 책임 소재를 밝히는 작업과 사건의 진상을 규명하는 일은 분리되기 힘들지만 또

---

24) Michel Callon, Pierre Lascoumes, Yannick Barthe, *Acting in an Uncertain World: An Essay on Technical Democracy*, trans. Graham Burchell, Cambridge: MIT Press, 2009.

한 양자가 중첩되어 있다는 것은 분명 조사위원회의 활동을 보다 어렵게 만들 것임이 분명하다. 게다가 조사권만으로는 조사위원회가 실질적으로 활동하면서 명백한 한계에 부딪힐 수밖에 없다는 점은 기존의 독립적으로 설치되었던 특별진상조사위원회들의 선례를 통해 쉽게 알 수 있다. 수많은 희생자를 낳은 참사가 발생하기 이전에 이미 문제가 발견되어 공론화되고 조사가 이루어진 상황이라면, 혹은 참사 발생 직후 유가족 단체의 요구가 제기되기 이전에 이미 사전에 제정된 법률과 절차에 따라서 독립된 위원회에 의한 신뢰할 만한 조사활동이 개시될 수 있는 공적·제도적 역량이 우리에게 있었다면, 아마도 특별법에 의해 설치되는 조사위원회 자체가 필요없었거나 혹은 법적 책임을 묻는 지나치게 광범위한 권한까지 가질 필요는 없었을지도 모른다.

마지막으로 수사권과 기소권을 갖는 조사위원회가 이 사안을 담당하게 될 때, 정치의 사법화라는 기존의 탈정치화의 흐름을 강화할 수 있다는 우려가 있을 수 있다. 그러나 세월호 특별법에 의해 설치될 조사위원회는 부분적으로나마 현대 대의민주주의의 제도적 공백 영역을 대표하고 재현하는 비국가적인 기구라는 점에서 단순히 정치적 과정을 법적 판단으로 대체한다고 볼 수는 없다. 이 공백은 선거(와 여론조사)의 다수결, 그리고 전문가 및 기술 관료에 의한 결정이라는 양극단 사이에 남겨져 있는 현대 민주주의의 광대한 사회적 영역이다. 이 영역에는 다수의 지지를 받아 선출되는 개인에 의해서는, 혹은 통치의 효율성의 관점으로는 결코 대표될 수 없는 사안들이 속해 있다. 이 사안들은 어떤 결정을 내리기에 앞서

해당 사안에 몫이 있는 모든 간접 당사자들의 목소리를 청취하고 그들에게 영향을 미치는 모든 인과관계를 고려하는 방식으로만 다뤄질 수 있다. 현대 민주주의에서 사회적인 것은 유권자 집단이나 인구 이외에도 여러 가지 방식으로 표상되고 대표되며 현시되어야 한다. 물론 특정 사안을 다루는 하나의 독립위원회 또한 매우 부분적이고 논쟁적인 방식으로 사회적인 것의 지도를 작성할 것이다. 사회에 대한 공적 재현과정은 간단히 종결되지 않으며 우리는 이러한 활동을 담당하면서 대표자와 피대표자, 통치자와 피치자, 정부와 시민 사이의 논쟁을 매개할 더 많은 일련의 대표자들과 제도들을 필요로 한다. 물론 세월호 특별조사위원회가 단번에 현재 한국사회가 처한 상황을 총체적으로 드러내주지는 못할 것이다. 진상 조사의 결과는 안전사고의 실상을 드러내겠지만 사회에 대한 여전히 부분적이고 논쟁적인 표상을 구축하는 것에 그칠지도 모른다. 게다가 여전히 법적 책임을 묻는 권한과 진상 조사활동 사이의 일정한 긴장관계가 어떤 영향을 줄 것인가 하는 문제도 미지수로 남아 있다. 그럼에도 불구하고 '정치'가 아닌 '정치적인 것'의 영역에서 사회의 비가시적 영역에 남겨진 사람들과 사안들을 공적인 시각에 입각하여 가시화하고 공론화할 수 있는 재현활동을 담당할 제도적 형태라는 점에서 이 조사위원회는 앞으로 중요한 선례가 될 수 있다. 특별조사위원회는 세월호 참사의 진상규명이라는 렌즈를 통해, 과거사의 영역이 아닌 현재 시점의 한국사회에서 보이는 것과 보이지 않는 것의 분할관계를 최소한 부분적으로라도 문제삼는 역할을 담당해야만 한다. 이는 뭍에 남겨져서 세월호의 침몰을 고통스럽게 바라볼 수밖에 없었던 우리의 공적 무능을 역전시키기 위한 첫번째 조치가 될 것이다.

홍철기

서울대 정치학과 박사과정 수료. 현재 정치적 대표 개념에 관한 학위논문을 마무리하고 있다. 저서로 『현대 정치 철학의 모험』(공저), 역서로 브뤼노 라투르의 『우리는 결코 근대인이 었던 적이 없다』, 조르조 아감벤 외 『민주주의는 죽었는가?』(공역) 등이 있다.

그렇다. 사고와 사건은 다르다. 이 책에 실려 있는 박민규의 글도 힘주어 말하고 있지만, 나는 서사론 강의의 도입부에 그와 비슷한 이야기를 자주 한다. 좋은 이야기는 사고가 아니라 사건을 다룬다. 사고는 '사실'과 관계하는, '처리'와 '복구'의 대상이다. 그러나 사건은 '진실'과 관계하는, '대면'과 '응답'의 대상이다. 사건이 정말 사건이라면 그것은 진실을 산출한다. 진실이 정말 진실이라면 우리는 그 진실 이전으로 되돌아갈 수 없다. 그때 해야 할 일은 그 진실과 대면하고 거기에 응답하는 일이다. 그래서 좋은 이야기는 사건, 진실, 응답의 구조를 갖는다. 4월 16일에 일어난 일은 '세월호 사건'이다. 이 사건을 통해 드러난 대한민국의 진실을 못 본 척하는 것은 불가능하다. 소설의 주인공이 진실에 응답하지 않으면 이야기가 시시해질 뿐이지만, 우리가 그런 일을 하면 죽은 사람들이 한번 더 죽는다. 사람을 죽게 내버려두는 것은 불법이다. 같은 사람을 두 번

죽이기 전에 이 불법 정부는 기소되어야 한다.

사고와 사건을 구별하면서 시작되는 나의 서사론 강의는 우리에게 이야기가 필요한 이유에 대해 생각하면서 끝난다. 우리가 책을 읽는 이유 중 하나는 우리가 모르는 것이 있다는 것을 알기 위해서다. 경험할 수 있는 사건이 한정돼 있으니 느낄 수 있는 감정도 제한돼 있다. 그때 문학작품의 독서는 감정의 시뮬레이션 실험일 수 있다. 책을 읽는 동안 살이 떨어져나가고 피가 솟구치지는 않았으니 그 감정을 완전히 이해했다고 말해서는 안 된다. 그러나 이야기가 아니면 그 감정에 가까이 다가갈 방법이 없다. 예컨대 자식이 물에 빠져 죽었는데 그 진상을 알 수 없고 시신도 찾을 수 없을 때 사람이 느끼는 감정 같은 것. 인간은 무능해서 완전한 이해가 불가능하고 또 인간은 나약해서 일시적인 공감도 점차 흐릿해진다. 그러니 평생 동안 해야 할 일이 하나 있다면 그것은 슬픔에 대한 공부일 것이다. 타인의 슬픔에 대해 '이제는 지겹다'라고 말하는 것은 참혹한 짓이다. 정부가 죽은 사람을 다시 죽이려고 할 때, 그런 말들은 살아남은 사람들마저 죽이려 든다.

요컨대 진실에 대해서는 응답을 해야 하고 타인의 슬픔에는 예의를 갖추어야 한다. 이것은 좋은 문학이 언제나 해온 말이다. 안타깝게도 이 말에 더욱 귀를 기울여야 하는 때가 있는데, 지금이 바로 그런 때다. 4월 16일의 참사 이후, 상황은 우리의 기대를 배반하는 방향으로 진행되고 있다. 진실은 수장될 위기에 처했고, 슬픔은 거리에서 조롱받는 중이다. 이 책에 실려 있는 글들은 모두 세월호 참사 이후 출간된 계간 『문학동네』 2014년 여름호와 가을호에 게재

된 것들이다. 『문학동네』 편집위원들은 우리 시대를 대표하는 문학인들과 사회과학자들이 그 어느 때보다도 숙연한 열정으로 써내려간 이 글들이 더 많은 분들에게 신속히 전달되어야 한다는 다급한 심정 속에서 이 단행본을 엮는다. 이 책은 얇지만 무거울 것이다. 말할 것도 없이 그것은 진실과 슬픔의 무게다. 어떤 경우에도 진실은 먼저 자기 자신을 포기하지 않으며 정당한 슬픔은 합당한 이유 없이 눈물을 그치는 법이 없다는 것을 증명하기 위해, 이제 이 책은 세상으로 나아간다.

계간 『문학동네』 편집주간 신형철

문학동네
눈먼 자들의 국가
ⓒ 김애란 김행숙 김연수 박민규 진은영 황정은 배명훈 황종연 김홍중 전규찬 김서영 홍철기 2014

1판 1쇄 2014년 10월 6일
1판 11쇄 2020년 8월 7일

지은이 김애란 김행숙 김연수 박민규 진은영 황정은
      배명훈 황종연 김홍중 전규찬 김서영 홍철기
펴낸이 염현숙
책임편집 조연주 | 편집 김내리
디자인 김이정 유현아 | 마케팅 정민호 박보람 우상욱 안남영
홍보 김희숙 김상만 지문희 우상희 김현지
제작 강신은 김동욱 임현식 | 제작처 영신사

펴낸곳 (주)문학동네
출판등록 1993년 10월 22일 제406-2003-000045호
주소 10881 경기도 파주시 회동길 210
전자우편 editor@munhak.com | 대표전화 031) 955-8888 | 팩스 031) 955-8855
문의전화 031) 955-3576(마케팅) 031) 955-8864(편집)
문학동네카페 http://cafe.naver.com/mhdn | 트위터 @munhakdongne
북클럽문학동네 http://bookclubmunhak.com

ISBN 978-89-546-2607-1 03810
* 이 책의 판권은 지은이와 문학동네에 있습니다.
  이 책 내용의 전부 또는 일부를 재사용하려면 반드시 양측의 서면 동의를 받아야 합니다.
* 이 도서의 국립중앙도서관 출판예정도서목록(CIP)은 서지정보유통지원시스템 홈페이지
  (http://seoji.nl.go.kr)와 국가자료종합목록 구축시스템(http://kolis-net.nl.go.kr)에서 이
  용하실 수 있습니다.(CIP 제어번호 : CIP2014027841)

잘못된 책은 구입하신 서점에서 교환해드립니다.
기타 교환 문의 031) 955-2661, 3580

www.munhak.com